安達與島村

10

入間人間

Kadokawa Fantastic Novels

『Fantasy Sister』

「看，這是手裡劍嘿。」

「哇～」

穿著國中制服的大姊姊得意洋洋的。

「來～這是紙球。」

「大姊姊好厲害～」

把色紙接連摺成各種形狀的大姊姊看起來自豪到了極點。

「這個頭盔就送給花子吧。」

大姊姊輕輕把藍色的頭盔戴在我旁邊吹著電風扇的狗狗頭上。

「牠叫作小剛啦。」

「哇哈哈哈哈。」

大姊姊非常有一副「大姊姊」的樣子。

「所以，呃～這個嘛，我是回來了……就是，其實還挺煎熬的啊！雖然那邊不會在意……應該說會問我很多事情，但我現在還不是那麼出名……呃呵呵。我已經想回家了啦。

雖然我家就在這裡啦，哈哈哈。呃～總之～我大概後天就會回去。真希望爺爺可以送我一程啊～然然然然後……等一下，好像講太多『然』了……那個，我回去之後……要見個面嗎？可是總覺得會那個，見了面會覺得自己心裡的某種東西……會變那樣。還是那樣？妳聽得懂嗎？不太可能懂吧。咦？大概知道是什麼意思？太厲害了吧。所以，嗯，喔，好……嗄？哇？不不不，讓我摸一下嘛，可以嗎？居然可以！呃，我是不是喜……喜歡……呃，就是……喜……喜歡胸部啊？可是，呃，妳也……呃……嗯……那個……呃……雅？哇！覺得全身上下都好癢！我從來沒有直接叫別人的名字，所以沒多少抗體……我們真的同年齡嗎？我想也是啦。啊，對耶……真正的年齡沒有人知道？未知的東西果然會吸引到更多未知的東西呢！咦，回到正題？要回到正題喔～是喔～喔哇哇哇。我一摸就會那個～耳朵會那個……會變得好像快要掉下來一樣，很可怕。會變得超級燙。燙到會懷疑它搞不好會融化。腦袋也會變得暈暈的……沒有！可是……那個……嗯，請讓我摸……磨……摸看。拜託！拜託拜託！拜託啦！」

「…………………………」

「哈……哈哈哈！」

大姊姊掛斷電話之後，突然發出高了八度的笑聲。

她好像很慌。

接著，她轉過頭來。

她鬆懈的笑容在看到我之後，又變得更沒有節制了。

「哈噗！」

跟我一樣回來老家的隔壁大姊姊跳來跳去的。爺爺奶奶家隔壁的大姊姊……我們以前會在同樣的時期回老家，她也常常陪我玩。雖然已經過了很多年，可是大姊姊不知道該說她外表完全沒有變，還是給人的印象跟以前完全相反了……她根本就沒有長大吧？怎麼看都像個國中生。身高也沒有變。

老實說，現在要說她是「大姊姊」太勉強了。而且，她的頭上不知道為什麼有一個寫著「實習中」的名牌，就像當成髮夾來用。

十七歲這一年的新年，我們家跟往年一樣來祖父母家拜年。

而我們兩個大概是基於一樣的理由，才會在新年的夜晚從家裡走到室外……然後就是現在這個情況。

來自兩間房子的燈光，照射在僵在原地的我跟大姊姊背上。為什麼連我都僵著不動？

我一來到外面就聽到講話的聲音，只是我也莫名沒辦法回頭走進屋子裡，就待在旁邊聽，但身為第三者的我或許還是當作沒聽到她們在聊什麼，會比較識相一點。雖然我也覺得一般應該是不會光明正大地在外面聊那種話題。

所以，我跟大姊姊之間就這麼瀰漫起一股奇妙的緊張感。

「記……記得妳是叫月夜吧？」

雖然沒說對名字，但其實也沒差太多。大姊姊抬頭看著我，很疑惑地說著：「是這個名字嗎？」其實我也一樣不太記得她的名字。而我們當然都沒有猜對彼此的名字。

我偷偷看了大姊姊握在手裡的手機一眼。她說著「唔耶～」，用手摀住眼睛。接著一下從指縫偷瞄了好幾眼，一下左右跳來跳去的，一刻都靜不下來。明明沒有停下來，話題卻毫無進展。

「那個～」

「吱耶耶耶耶。」

「什麼？」

「希望妳不要誤費。」

「誤費？」

「剛才那是……呃，就是，那個嘛，在講電話。」

「喔……」

我猜她搞不好其實口才很差。

「妳……妳都聽到了嗎？」

「我……我有聽到。」

「全部嗎？」

老實回答之後，我才暗自後悔自己說溜嘴了。我應該假裝沒聽到，回頭走掉才對。

「應……應該一半左右吧？」

「一半是哪一半？」

我記得前半跟後半的確差滿多的。

「前半……吧，嗯。」

冷靜想想，才發現只聽到最前面，跟我現在還站在這裡這兩件事很矛盾。

「前……前半段的話……勉強沒問題吧？」

這問題怎麼會是問我？

看小時候陪我玩的大姊姊變成怪鄰居，讓我差點感嘆起這世界真是沒天理。

「妳……妳幸福嗎？」

暈頭轉向的大姊姊突然問起很詭異的問題。

她是不是想要用這個問題轉移尷尬的話題？

雖然這情況讓人忍不住冒出各種擔心，我還是莫名認真地思考這個問題。

「嗯……還算可以吧。」

因為我今年也見到了還活著的牠。

不過，應該是比「還可以」還要更好一點。這讓我的鼻子深處也感受到相同程度的疼痛。

「那真是太好了～」

大姊姊像陀螺一樣轉啊轉的，準備逃回室內。

「那大姊姊呢？」

雖然不是刻意的，但我用跟以前一樣的稱呼叫她。

大姊姊停止旋轉，回過頭來，然後舉起雙手想用指頭彈出聲音，卻失手只彈出很沒氣勢的聲響。

「嘿。」

是肯定還是否定？

她馬上逃走，我也在不久後聽到屋子裡傳來「吱啊啊啊」這種很像小動物很痛苦的時候會發出的哀號。雖然我從來沒目擊過小動物痛苦哀號的模樣。

「怎麼說……感覺大姊姊也經歷了很多事情。」

我這麼心想。

不過，從她講的內容聽起來，應該是有女朋友。如果不是女朋友，就代表她是想要摸交往對象以外的人的胸部了。不是的話，好像比較恐怖。

……女朋友。

要是我說「Me too」，她會有什麼反應？

「……喔，這次換我了。」

我看向只有傳出簡短反應的手機。她每次都會先問可不可以打電話給我。我覺得她不需要在意這種事。

還是說，我沒有接到她突然打來的電話，會讓她很不安？

我接起每次想打電話都會禮貌提問的安達打來的電話。

然後開口第一句話就問她：

「嗨，妳幸福嗎？」

『咦？呃，這……我現在變得很幸福！』

那真是太好了。

『Astray from the Sentiment』

房間裡該帶走的東西沒有多到會讓我很困擾。頂多就是衣服跟一些有紀念性質的東西。我把自己的生活從應該很欠缺娛樂的房間裡一一拆下。刮除住了很久的這個空間的表層，再塞進紙箱裡面以後，整個房間裡剩下的東西可說是少得可憐。

一坐上今晚會是最後一次躺在上面的床邊，腦海裡就浮現一些瑣碎的回憶。

從島村家逃回來，把臉埋在枕頭上哀號的那一天。

因為想打電話給島村，就端坐在手機前面苦惱的那段時光。

一想到隔天的行程就睡不著，結果整晚都在毫無意義地不斷翻身的那一晚。

……我開始覺得好像也不算瑣事了。

腦海裡的一切都跟島村有關。彷彿認識島村之前的我根本不算真正活在世上。實際上，認識島村之前跟之後的自己也的確是判若兩人，甚至有種出現第二個自己——應該說組成我這個人的結構煥然一新的感覺。照這種說法來解釋的話，等於我的實際年齡還很小，而既然還很年幼，那也難免多少會有點黏島村。難免。

失去生活感的房間牆壁跟天花板看起來沒有任何不同。我往後躺，與等同存在空房間裡的空氣一同躺倒在床上。明明一直到昨天都還很正常地住在這個房間裡面，卻感覺空氣中有很多灰塵。這裡已經變成了沒有居住痕跡的房間。難道我的心已經搶先搬去新家了嗎？

現在是春天占據了鎮上七成風景的季節。
我明天要離開這個家，跟島村住在同一個屋簷下。
我跟島村都已經是大人了。至少以年齡來說是這樣。
我們不再穿制服，頭髮留得比以前更長一點，生活中改換吃上跟以前不同的苦，還變得會喝酒。
不對，記得島村喝不了酒。
島村好像是完全喝不了酒的體質。她之前用慶祝成年的名義喝過一次，結果鬧得很誇張。細節就不說了，總之，她當時變成了一隻島村獅子。
『這部分好像是像母親。』
對自己酒後失控很傻眼的島村小聲笑道。不過，我也覺得島村的確就像她說的一樣，比較像母親。這從她給人的印象跟措辭都能明顯看出來。
個性溫和有彈性，擁有很多會讓人懷抱好感的特質。
我覺得自己一定也有很多特質是像母親。只是，我不知道這值不值得高興。我有時候會想，我們或許有……對，我們或許有再稍微好一點的相處方式。可是現在想再多方法，也沒有時間讓我們這段已經徹底僵化的關係重新來過了。
「…………」
沒有時間，是一種非常方便的藉口。

如果再說得更簡單、更不客氣一點，就是我們彼此都會覺得很麻煩。

一想到要經過多少互動才能實現讓我們變得感情融洽的夢想，就很提不起勁。

「……我這樣說不定有點像島村。」

明明這種事情沒什麼好高興，我卻覺得有點開心。

接著我先看了一下時鐘，才走出房間。我走下樓梯的腳步聲，感覺不出跟高中的時候有什麼差異。之前我跟島村提到這件事，她就說『我還真羨慕妳耶！』，但我到現在還是不懂她是對什麼部分感到羨慕。

我聽到一樓傳來聲音，就探頭看往客廳，結果跟坐在沙發上發呆的母親對上了眼。母親用視線上下打量過我一遍以後，開口問：

「有要吃晚餐嗎？」

「我會在外面吃。」

「喔。」

母親只有簡短回應，隨即回頭看往前方。我也馬上前往玄關。

每個家庭都是這種感覺嗎？

島村待在家裡的最後一晚也會很熱鬧嗎？還是會意外嚴肅？不知道島村的妹妹會有什麼反應？如果她很像我，那搞不好會哭。如果她很像我，那她搞不好會黏著島村不放。不知道島村會怎麼應付她？

我總是會馬上去想跟島村有關的事情，把自己家拋在一邊。

這個家在我心目中，大概就只占了這樣的地位。

在母親心目中也差不了多少。

她就算有什麼想法，應該也不會特地說出口。

當父母的看到小孩子離開家，讓家庭環境產生變化的時候，會是什麼樣的心情？

大概不會有小孩的我，或許一輩子都不會知道吧。浮現我腦海裡的所有想法，都沒有一個確定的答案。

我逃出家裡，慶幸自己走往的某個地方還亮著燈光。

因為我沒有事先確認就直接過來，萬一店家關門了，說不定就要落得在鎮上四處徘徊的下場。

這間店外觀上的紅色跟黃色依然散發著強烈的存在感，顯得跟其他建築物有點格格不入。不過，這種店搞不好就是要醒目一點才比較剛好。我走過停車場的車子旁邊，看往店內。

我不知道有多久沒從正門進去了。

「歡～光臨……喔？」

打了一聲敷衍招呼的店長似乎在講到一半時注意到是我，轉頭看向我這裡。

「喔，妳今天是來當客人的啊？」

看著我的店長不改雙手抱胸的姿勢，大步朝著我走來。我們很久沒有見面，但店長給人的感覺完全沒有變。連發音有些不標準的部分都還是一樣。

「晚安。」

「歡迎光臨。」

「店長雖然說『今天』，但我辭掉這裡的工作也很久了……」

我是在高中畢業的時候辭掉的，所以也好一段時間沒有來了。等我搬到外地，又會離這裡更遠，恐怕再也不會有機會遇到店長。我本來就沒有特別想吃什麼，所以我是用其他理由來決定要去哪裡。

「我明天要搬家，所以順便來簡單打聲招呼。」

「喔～這樣啊。」

店長「嗯」地點了點頭。似乎是點完頭才發現不對勁，又接著說：「嗯？搬家？」

「妳要說再見了嗎？」

「嗯。算……是吧。」

「這下會變得寂寞不少呢。」

「……店長真的這麼想嗎？」

「仔細想想才發現好像也沒那麼寂寞啦。」

哈哈哈哈——店長口氣輕鬆地笑了出來。我就知道。我離開這間店的時間已經久到這間店不一定還在，甚至店長是不是還很健康都很難說，所以我其實也稍微鬆了口氣。

「妳要吃什麼？我們什麼都有喔。」

少騙人了。

「請坐～」

我在店長的帶領下，來到離入口最近的座位上。我想起自己以前也是像這樣帶客人入座。我當時穿旗袍的模樣……好像大受好評。但我根本不在乎周遭人怎麼看我。

除了一個人以外。

「您吸菸嗎～？」

「哪有人都帶人入座了才問？」

而且，這裡根本全店禁菸。

「妳還是一樣無趣耶。」

「謝謝誇獎。」

我一點完定食，店長就往後場走去。店長走進去後，換另一名看起來是工讀生的女生走出來，她很普通地穿著制服，也沒有露出多少膚色，跟旗袍相差甚遠。我以手托腮，心想是不是現在社會對這方面的態度變嚴格了。

我個人倒是因為島村誇獎我穿旗袍很好看，就結果而言還算不錯。

到頭來，我還是很島村。不對，我不是島村，但就是很島村。

我想著島村的時間可能比她自己還要久，說不定我的島村成分比她還要高。

島村總是脫離不了哲學。

不曉得是不是時間還很早，整間店只有我一個客人。工讀生也只是站在一邊，沒有什麼事情好做。我當年沒有事做的時候，也是像她那樣浪費毫無意義的時光。記得當時還心想——很忙跟很閒的時候都是一樣的薪資，還真奇怪。

「………………………」

一閉上雙眼，就特別在意那些平時不會聞到的味道。

我決定在外面度過長年在這裡生活的最後一晚。我覺得自己不是想逃離家裡，而是想找家裡沒有的某種東西……很像是想到處走走，想辦法找出一些我心裡幾乎不存在的捨不得……感覺很像是這樣。

我好像是想沉浸在感傷之中。

為什麼？

我找不到答案。不過，卻不知道為什麼希望自己有那樣的情感。

我現在的心境，或許就類似結婚的前一晚。雖然我不曾結過婚。

不過，既然是要認識新的人跟新的環境，應該算滿接近結婚的吧。

……還沒開始新生活，我就覺得不想跟島村分道揚鑣了。

之後，把我點的定食端過來的並不是工讀生，而是店長。這份定食有炒飯、小碗拉麵，還有一個勉強能當甜點的色彩繽紛的果凍。擺在邊角的盤子上裝的炸肉塊大到超出托盤的上面跟左邊。這份炸肉塊就像岩礁一樣，很多尖角。雖然很讓人懷念，但裝了三到四塊會很擔心吃不完。

「定食本來有這麼豐盛的嗎？」

「有時候會這麼豐盛。」

店長一邊哈哈大笑，一邊準備走回沒有工作要做的時候待的位置。

「記得旗袍要在還能穿的時候多穿幾次喔～」

聽到店長像是想在最後留給我的這份忠告，就算會很不自然，我還是刻意擺出笑容，微微點頭。

我決定這麼想。

我是覺得年齡不影響穿旗袍，但店長應該不是這個意思。

還能穿的時候……是嗎？

吃太多了——我摸著右腹部，走在回程的路上。

端出來的量還是跟以前一樣不符價位，就算想藉著回憶跟氛圍吃下肚，還是有極限。最後啃著炸肉塊的時候，我已經吃不太出它的味道了。

吃得太飽，腳步也跟著沉重起來。我撥起因為低頭而垂下來的頭髮，仰望夜空。只有夜空跟空氣中的味道，會永遠不變。

我認為自己應該不會再懷念以後不會再見面的人，跟不會再走的路。

有誰能想像到讀高中的時候根本不抱任何感情來往的這條路，竟然會通往這樣的未來？一想起近在咫尺的這份未來，就不可能會有想回到過去的念頭。

「喔，是安達達耶。」

「是達達～」

我聽到有人應該是在叫我，一轉過頭，就發現是日野跟永藤。我已經不記得最後一次見到她們是在幾年前的哪個地方了，但她們外表給人的印象完全沒有變。

日野扛著釣竿，永藤則是莫名其妙不斷轉著豎起的食指。接著，她們兩個不知道為什麼直接以我為中心繞來繞去……而且仔細一看，才注意到繞著我走的變成三個人了。那個有著神奇水藍色頭髮的女生說著「哇～」，加入繞圈子的行列。

我不知道該做什麼反應，就這麼陷入動彈不得的狀態，被她們耍得團團轉。

就在她們繞完五圈左右以後，日野跟永藤笑著退了開來。

「我們沒有什麼事情要找妳。那就這樣啦，達達，幫我們跟島村問好～」

「拜啦，達達～」

「要過得好一點喔～」

她們兩個離開得很乾脆。我甚至不知道她們有沒有來得及聽到我「啊，嗯」這句回應。

這明明搞不好……不對，應該說有很高的機率是我們最後一次見面，她們卻沒有顯得依依不捨。不過，也可能代表我跟日野她們的交情就只有這點程度。我是很冷淡的人。

我本質上對其他人毫無興趣，所以別人一定也不會在乎我。

如果那就是真正的我，那不斷追尋島村的我，又到底是誰？

我有時候會冒出這種想法。

……然後——

「晚安～」

水藍色的女生還留在我旁邊。我一時想不起這個神奇生物叫什麼名字。她的打扮也很奇特，穿著應該是鴨嘴獸造型的睡衣。兜帽部分的長長嘴喙非常有存在感。

「晚……晚安。」

「呵呵呵。」

「咦，妳不跟過去嗎……？」

我指著日野她們已經離很遠的背影。「為什麼要？」神奇生物表達疑惑。

「我只是看她們在繞圈圈，才加入而已。」

「啊，是喔……」

神奇生物完全不打算離開我旁邊。我直盯著她看，同時稍微往前一步。她也迅速跟著我往前一步。噠、噠、噠——我大步往前走了三步，她也跟著跳了幾步過來。而且只要我停下腳步，她就會立刻停下來。感覺很像在玩一二三木頭人。由於我們都是在跨很大步的狀態停下來，看在旁人眼裡應該會很蠢。

我困惑地跟她四目相交，她也只是天真無邪地發出「呵呵呵」的笑聲……我很不會應付她。我不知道該怎麼應付小孩子。我知道自己待人很冷淡，但對小孩子冷淡的時候會有點愧疚，會是出於本能嗎？

「妳怎麼了嗎？」

我才想這麼問妳。妳為什麼要跟過來？

「呃……因為我不知道妳在想什麼。」

「哈哈哈，妳說這什麼話呢。這世上不可能有人的想法會被別人看得一清二楚吧？」

雖然她講得很輕鬆，但這段話也讓我稍微有種被點醒的感覺。

「好像有道理。」

原來這隻鴨嘴獸想得這麼深嗎……應該沒有。我看著鴨嘴獸的嘴喙這麼心想。

我搞不好很難得看到這個神奇生物是單獨出現。

我記得她總是黏著島村。

黏著島村。

我有些不滿地盯著她看，神奇生物就面帶微笑回答：

「我也喜歡安達小姐喔。」

「咦……呃……謝謝……妳？」

很少會有人說喜歡我。除了島村以外……這說不定是除了島村以外，第一次有人說喜歡我。我母親也不曾面對面說喜歡我。我甚至不知道她喜不喜歡我。

要實際表達對他人的好感，是很困難的一件事。

所以，這個能輕鬆表達好感的小孩子……真的很神奇。

應該說，她也神奇得太過頭了。為什麼她的頭髮跟指甲會是這麼特別的顏色？

因為島村看起來一點都不在意，所以我從以前就很難開口提這件事。

「喜歡身邊的每一個人，是很棒的一件事喔。」

「咦，嗯……」

我本來想敷衍地附和，卻在途中覺得不太對勁。

我想像島村如果喜歡每一個人，會是什麼樣的狀況。對任何人都會擺出笑容的島村。

不論是對我，還是其他人。都是完全同等分量的笑容。

對我露出的笑容沒有多任何一點私心。

我打心底不希望她那樣。

到頭來，我的答案還是會變成這樣。

「不，我不這麼覺得。」

「這樣啊～」

我跟這個不對我的答案表示肯定或否定的神奇生物，並肩走了一段距離。

我有點在意她想去哪裡，就開口詢問，隨後這個神奇生物就用感覺是打心底不在乎的語氣回答「其實去哪裡都無所謂」，雙眼直視著前方。

「反正只要繼續走下去，總會走到某個地方。」

然後，用聽起來很達觀的講法這麼說道。

「……真的是這樣嗎？」

「就是這樣沒錯。」

她不知道為什麼是用過去式，接著說——

「對了，我們好久沒見過面了呢，安達小姐。」

「咦，嗯？」

「應該7199年沒見了吧。」

「什麼？」

「呵呵呵，妳看起來過得很好，太好了。」

她完全不理會我的疑惑，只是毫無意義地持續掛著平和的笑容。

一回到家，就聽到母親難得語氣很激動……不對，是單純我沒聽過而已嗎？

她好像在跟誰說話。就在我邊走邊猶豫該不該跟她搭話的途中，她也注意到我回來了。

母親回過頭來，稍微瞇細了雙眼。

「妳回來了啊。」

「……我回來了。」

我們的對話非常平淡。不過，這或許也會是我們最後一次對話。

我直接往一旁走去。

「喔，我女兒回來了……什麼？為什麼？」

母親跟對方講了些什麼之後，就把電話遞給我。

「……有事嗎？」

我不禁停下腳步。

「她要妳來接電話。」

「是誰？」

母親嘆了口氣，像是在表達「妳接了就知道」。我走過去，接過電話筒湊到耳邊。

我完全想不到有哪個親戚會想要找我。

「喂？」

『呀呵～安達妹妹。』

「啊，是島村的……」

我一聽到聲音，就知道是島村的母親。我認識的人之中，很少有人會用這麼開朗的語氣跟我說話。我的母親跟島村的母親不知道什麼時候變成了好朋友。島村好像多少知道為什麼會這樣，仔細想想，我還沒問過她們搭上線的來龍去脈。因為我一見到島村就會開始東想西想，根本沒空問這件事。

先不管這個了。島村母親打電話找我，會是要談跟島村有關的事情嗎？

『我是島村的母親A喔！』

「啊……咦？嗯。」

那有島村的母親B嗎？

『喔～喔～原來如此。』

正當我在疑惑她到底突然懂了什麼的時候——

『妳冷淡的反應跟語氣跟她一模一樣呢。』

不需要多問，就知道她是說跟誰一模一樣。我偷偷看了跟我一模一樣的那個人一眼。

站在一旁的母親看起來很不自在，手還扠著腰。

『妳今天精神好嗎～？』

「很……很好啊。」

我想起以前對島村擺的那個姿勢。她到現在還是偶爾會要我擺那個姿勢，害我很難為情。

『是說，安達妹妹妳的喜好也滿特殊的嘛。』

「……呃？」

『抱月生活能力不是很高，妳一定要做好心理準備喔。』

容易遲到、打掃很隨便、煮飯功力只有安慰獎等級。她一件一件列舉島村在各方面的表現。島村在我眼裡看來是個在各方面上都能很從容的人，所以島村母親的評語讓我感覺到我們的看法有所差異。跟島村同住一個屋簷下的家人，似乎會特別注意到島村這個人的少數幾個小缺點。

而我大概是用比較全面，而且標準比較寬鬆的視角在看她，想要了解她的一切。

『安達妹妹是有好廚藝的 Man 嗎？』

「我不是 Man。」

『那就 Girl？』

「我不太會做菜。」

因為我對吃沒什麼興趣，當然也不可能有好廚藝。

「啊，但是我有做過什錦燒給島村吃……」

『對啊～說起來真懷念呢。』

「咦？」

『雖然我從沒聽說過。』

「……這……這樣啊。」

我不太擅長應付她。並不是討厭，只是很不會應付這種類型的人。我猜，母親一定也跟我一樣。

「呃，就算島村生活能力不高……」

我只是假設，沒有要貶低的意思——我暗自對不在場的島村這麼解釋。

「我也會代替她，多多磨練自己。」

而島村也會補償我這份努力……應該吧。

我相信她會。

『這樣啊。妳滿有膽識的嘛。』

「謝……謝謝。」

『哪天抱月感覺要睡過頭了，妳就直接踢她屁股叫醒她，不要手下留情喔。』

「咦……呃，如果她是仰著睡，要怎麼辦？」

我自己都不知道自己在擔心什麼奇怪的事情。

『那就把她翻過來踢一腳。』

為什麼這麼堅持要我踢她？老實說，我不認為我敢踢下去。

我甚至沒辦法想像自己踹飛島村的情景。我不知道有什麼方法能讓我有勇氣傷害她。這就像是一種詛咒，又像一種契約，也感覺像是一種讓人不太想去積極執行，而且無法違逆的條件。

『那就這樣了。』

「呃，好。」

是哪樣？

『嗯～我想想。簡單來說，就是跟我家傻女兒一起住，要過得開心喔。』

她的語氣聽起來跟平常不一樣，感覺有些害臊，講話變得很快。是我的錯覺嗎？

「啊，好。彼此彼此。」

彼此彼此什麼？也請妳多多關照？好像不太對。

『妳們要和平相處。遇到什麼事情，都不可以吵架。』

「好。」

『妳要發誓會銘記在心。』

「我……我會銘記在心？」

『嗯。』

她聽起來很滿意。她想說的好像都說完了。

我懂她打這通電話的用意，但又不是很懂。我不太懂她講的話是什麼意思。

換作是島村，她會有辦法聽懂自己母親的話，再加以回應嗎？

雖然這麼說不太好聽，但就算是母女，也一樣是兩個獨立不相干的人……應該說，會有很多事情無法互相心神領會。

「嗯。」

母親對我伸出手，像是在催我把電話還給她。我一拿給她，她就不發一語地回到沙發上。

「……咦？電話還沒掛斷嗎？」

母親疑惑地把電話貼在耳朵旁邊，接著馬上皺起眉頭。

「吵死了，已經沒話好說了吧……啥？」

感覺她們還會再聊很久，於是我決定默默走回房間。

順帶一提，那個神奇生物真的在突然跑起來以後，就不知道去哪裡了。那片鮮豔的水藍色劃出一道直線，替夜晚染上新色彩的模樣，夢幻得好像在作夢一樣。那說不定真的是一場夢。

不過，依然殘留胃部的沉重感，卻也在在顯示剛才那段路程全是現實。

我回到二樓房間，在開燈之前先看了一下手機。島村還沒有回應。我不久前有問可不可以打電話給她，但沒有回應，搞不好是在睡覺。以前這段收不到回覆的時間，真的會讓我很不安。到了現在，我還是無法保持冷靜。但是一直以來的經驗，讓我可以非常肯定島村一定不會無視我，一定會找時間回應我。島村很溫柔。現在的她，也不怎麼隱藏她內心深處那份總是很靦腆的溫柔了。

認為她這樣的變化是源自跟我互相往來的影響，會不會太自視甚高？

我在打開小燈之後爬上床，背靠著牆。接著把腳伸直，手握著手機，一邊讓身體休息，一邊等島村回應。重複跟昨天一樣舉動的我，明天就會前往截然不同的新世界。這也證明我的生活不是只會反覆做出同樣動作的鐘擺，而是成功逐步向前邁進。

真正準備面臨新的變化的時候，卻莫名開始覺得很不現實。

或許是碰觸到原本遙不可及的朦朧夢想，讓我的意識也跟著渙散起來了。

過了一段時間之後，手機傳來震動。只有一個人會讓我的手機出現這種反應。

『抱歉、抱歉，我睡著了。』

「我有猜到。」

我感覺到自己忍不住笑了出來。不久，島村就打了一通電話過來。

「喂？」

『晚安達達～』

「……那是流行語嗎？」

『咦？哪裡的流行語？』

我說了聲「沒事」，結束這個話題。我倚靠著牆壁，仰望沒有開到最亮的電燈。

燈光非常微弱，也因為這樣，我才有辦法直直注視著它。

「晚安。」

『好、好。那，安達妳找我……我猜應該沒什麼重要的事情吧。』
「嗯。我只是想跟島村說說話。」
我聽見島村輕柔的笑聲。
『明明我們明天以後就能天天見面了。』
我感覺這句話就好像在我心裡點亮了一座燈籠。彷彿春天造訪了我的內心，帶來一股溫暖。
「也是。那我們以後講電話的機會也會變少嗎？」
『可能吧。啊，還是妳要在家裡講電話？』
「用傳聲筒應該也不錯。」
我不曾實際做過，也沒用過。那只存在於我的知識當中。不曉得聽起來會是什麼感覺？我很想聽聽看島村的各種聲音。聽過很多不一樣的聲音，然後在生活中的某一個瞬間忽然想起來，又變得很想再聽一次。我很想特地營造這樣的情況。
『呵呵，呵呵……呵～呵呵呵。』
耳邊傳來似乎是想避免冷場的頻繁笑聲。搞不好連島村都有點靜不下心。我們一直以來幾乎天天見面，但明天就會開始跟彼此分享相同的時光，也一定會有很多嶄新的事物在等著我們去發現。時光的流逝，並不全然是壞事。
『明天就要跟安達達一起住了啊……』

「……妳不喜歡跟我住嗎？」

『不喜歡的話，就不會跟妳一起找房子找那麼久了。只是──』

「只是？」

『因為一定要整理行李，所以現在有點「呃哇～」的感覺。』

「呃哇～」

我學她喊了一聲，卻掌握不到那實際上是什麼樣的感情。目前是感覺得出來她不想整理行李。

「兩個人一起整理應該會比較……如果會比較有趣就好了。」

我無法保證一定會更有趣，語氣變得比較保守。畢竟行李很多，還要搬動比較大的東西，以一段夢幻生活的起點來說，顯得是沒什麼夢想可言。又或者當夢想不再是夢想之後，就只剩下現實了？現實為現在的我帶來了飢渴。

「我好像因為太期待了，完全睡不著。」

一如往常。怕得睡不著，或是緊張得睡不著，或單純睡不著。

我明明過著不算健康的生活，卻意外有足夠力氣做很多事情。

我的手腳說不定是藉由島村給我的某種能量在活動的。

感覺這個假設的可信度很高。

光是常常唸出她的名字，就讓我身體裡的某種器官感到很充實。

「島村跟我的……家。」
『呵哈哈哈。』
「妳……妳怎麼笑得這麼豪邁？」
『抱歉，我本來只是想附和一下，就跟著笑出來了。』
想附和就笑出來是什麼狀況？而且，剛才有提到什麼好笑的事情嗎？
到了現在，我還是覺得島村是種神祕的生物。
『只是想到妳講的順序不是「我跟島村的家」，就覺得很像妳的作風。』
是嗎？一般會把自己擺在前面嗎？那跟我認為的「一般」差很多。
「畢竟沒有島村的話，就沒意義了。」
所以我總是會最先想到她的名字。我的全世界都是從島村開始的。自己人生的起點在他人身上這樣的矛盾，讓現在的我沉浸在這麼美好的幸福當中。
『如果不是要跟安達一起住，我也不會想要離開自己家，去外面生活。』
「……我想也是。」
因為島村待在自己家一定很舒適。我已經好幾次對明明家裡很舒適，卻還選擇跟我一起住的島村道過謝了。雖然島村每次都會說這種事情不值得特地道謝。
而且每次都會面露溫和的笑容對我說「畢竟這是我自己的選擇」。
「島村……有跟家人聊什麼嗎？」

『咦？今天嗎？』

「嗯。」

『我們家是沒那麼……應該還算有點感傷的氣氛。但我家裡有個很不會看氣氛的傢伙，所以感傷的情緒都被中和掉了。不對，她搞不好是故意的……？嗯～這個部分有點難以斷定啊～』

雖然不太懂是什麼情況，但看來還是有像一般人離家前一樣，多少聊了一下。

『既然安達妳會這麼問，就表示妳家應該沒有聊太多吧？』

「嗯……不對，是完全沒有。」

『完全沒有啊～』

「完全沒有。」

完全沒有提到要離家這件事。彷彿我早就不在這個家了。

這個家裡流逝的時光跟我住在這裡的時候沒有任何差異，也在不知不覺間來到了夜晚。

「這樣果然很奇怪吧？」

『是啊。』

島村講得毫不委婉，肯定的語氣中帶有點睡意。

『可是安達一直都很奇怪啊～』

「咦？」

『咳咳。這件事先擺一邊，要我認真講的話──』

真的可以先擺一邊嗎？我是有點納悶，但她好像想認真講，所以我也保持沉默……我認為自己最近面對島村雖然還是會慌張，但能保持平靜的時間也變多了。

『雖然很奇怪，但也一點都不奇怪。』

「好深奧。」

『我不認為父母跟子女可以單靠這層關係，就輕鬆了解彼此的心意。想要增進跟某個人之間的感情，就必須付出相對的努力跟苦心，費盡心思去培養感情。這是我最近領悟到的，而且再回想一些往事，也覺得很有道理。所以，安達跟母親之間沒有半點交流，也是很理所當然。』

「嗯……」

她說的跟我感覺到的大致上一樣。連這種事都能讓我有點高興。

『但是，沒有建立感情的基礎條件，也不一定只有壞處。舉例來說～我跟安達不就沒有那種基礎條件嗎？我們只是高中同學，也不是說住得很近，更不是從前世就認識了……前世應該是不認識吧。我自己要提到前世還講得不確定也是有點怪啦。總之，妳不覺得如果一段關係的起點一定要存在某種特別的連結，我跟安達一輩子都不可能有深交了嗎？』

「好像……有道理。」

我會認識島村，真的只是出於偶然。我跟島村應該都沒有一定要去體育館二樓的理由。

而我從這個起點開始付出相對的心力跟選擇，才終於得到現在的結果。

我一直以來都沒有對其他人付出半點這樣的努力。

我的眼裡只有島村，讓我根本不會有想跟別人打交道的念頭。

我好像是個單純到很不可思議的人。

「我只要能跟島村培養感情……就夠了。」

我的世界全是用「島村」組成的。

所以，只要我還是只需要島村一個人，就不會有任何損失。

『如果安達妳覺得這樣就夠了，那我也不會多說什麼。』

「嗯。」

她的聲音就好比一首安眠曲，語氣相當溫柔。我下意識縮起身體，抱住大腿。

呵啊——我聽見島村小聲的呵欠。

『明明都睡那麼久了，真奇怪。』

「那我們先聊到這裡嗎？」

『哦？沒想到安達也會說這種話。』

「因為要是聊太久，明天搞不好就沒有話題可以聊了。」

『不會啦，我們還有很多話題可以聊。』

島村很難得會說得這麼肯定，讓我忍不住心裡一陣雀躍。

沒錯，我跟島村接下來還有很多時間可以陪伴彼此。

我倚靠牆邊。我透過這道牆壁，感受到陪伴著我的島村。

「我們明天也多聊一陣子吧。」

『我們明天一定會聊很久的。』

我的未來跟這份和島村訂下的約定，全都相當柔和，又溫暖。

我在這個從小住到大的家，也即將不再是家的地方吃的最後一餐，並不是自己一個人吃。

母親一大早就準備好早餐，坐在我對面的位子上。我跟母親之間在道過一句「早安」以後，就一直保持沉默，只是單純坐在餐桌前，沒有任何話題。母親也顯得很不知所措。但是她還是伸出了手說：

「快吃吧。」

母親手以手托腮，要我快點開動。我回應一聲「嗯」，拿起吐司。

她看到我咬下吐司的一角後，也開始吃起跟我一樣的早餐。母親用筷子夾起沙拉，不發一語地放進嘴裡。她完全沒有表現出覺得哪一道菜色很好吃的樣子，我想，我在旁人眼裡也是像她一樣，只是毫無感情地動著嘴巴進食吧。

我吃的速度比平常還要慢。

待在母親面前，食物就會變得很難下嚥——而她大概也跟我一樣。一開始還很契合的零件，會在時間的流逝下變質，變得無法咬合。而雙方都很懶得耗費心力製造新零件，直接擱置這個問題。現在已經沒有時間修復這個問題了。等吃完這份早餐，我就會離開這個家。

雖然跟失去一個依靠是不一樣的感覺——但我心裡有種彷彿身體失去了一小部分的不安。

周遭因為滿溢室內的陽光，變得非常明亮。我用太過刺眼當作藉口，撇開了視線。

我感覺到母親現在也一樣沒有在看著我。明明無法跟她對上眼，我卻感覺得到這個事實。母親很平淡地吃完早餐，先行離開餐桌前。她立刻開始洗起盤子，背對著我。我們沒有說上半句話，這樣真的有一起吃早餐的意義嗎？不對，只是碰巧變成一起吃而已……應該不可能是碰巧。她到底是抱著什麼想法坐到餐桌前面的？

我完全猜不出她在想什麼。畢竟我一直以來都不怎麼跟她說話……對，所以只要老實提出自己的疑問就好。既然是因為不懂造成的，那只要弄懂，就可以解決問題。

我抬起頭，打算趁現在問清楚。我看見母親的背影。她離我不遠，感覺只要伸出手就能碰到，卻又好像一旦碰到她，就會像老舊的牆壁表面一樣，掉下許多剝落的碎屑。

我的身體跟意識拒絕往前走，就好像有人用手指抵住我的喉嚨。

雖然是第一次嘗試交流，卻也同時是最後一次。我在周遭尋找最後一次的機會。我找不到任何開口的機會，只是默默看著麵包一點一滴地變少。我在把麵包全吞下肚以後，才終於發現到一件事。

原來不只有少少一兩件事已經是最後一次，而是我眼前的一切都已經是最後一次了。

用這麼平淡的心情看待這些最後一次的我，一定不會有任何感覺。

「……我吃飽了。」

脫口而出的不是提問，而是一聲招呼。只是一段立刻畫下句點的簡單話語。

「好。」

母親的回應也極為簡短，連結起我們的這一條線也就這麼斷開。

我繼續留在這裡的理由跟機會，已經徹底消失無蹤。

我刷完牙，洗過臉，化好妝。我一如往常地處理好每一個步驟後，走往玄關。

沒有任何事情可以讓我多做停留了。

「……我出門……」

我回過頭，話只講到一半。

這段話吹過半空，捲走嘴巴附近的所有空氣。

就算有人在家，或沒人在家，我都一定會在出門的時候打聲招呼。

我一直以來都會對這個家打招呼。

不過——

「我出門了」是對還會再回來的地方說的話。我應該找其他的詞……改用其他的詞代替……

我想不到除了「再見」以外的詞彙。

我默默走到玄關，穿上留下的唯一一雙鞋。我試著回想這雙鞋是什麼時候買的，在隨之失焦的視線下穿起鞋子。我的腳——這雙準備帶領自己前往幸福的重要雙腳。

島村曾經開玩笑幫我按摩過腳部，但我因為當下腦袋一片空白，完全想不起來當時的情景。被過去沒有任何餘裕的自己逗笑以後，我感覺心情輕鬆了一點，身體也不再那麼沉重。心裡湧上了踏出步伐的勇氣。

出發吧。出發去見島村。

走吧。跟島村一起走向未來。

「櫻。」

我不知道有多久沒被直接叫名字了。我感覺到手指發麻，並回過頭。

母親一手扠著腰，雙眼看著我。她還沒有化妝，而且臉部因為低著頭，變得有點陰暗。母親比我記憶中的模樣還要年長許多。感覺好像還停留在需要抬頭仰望母親時的記憶，迅速追上了現實。母親抓了抓額頭。

「櫻……」

母親瞇起眼睛，遲遲沒有繼續說下去。我只能小聲回答一聲「嗯」，等她願意開口。我以前甚至不會回答一聲冷淡的「嗯」，算是多少有點成長了嗎？脖子上有某種冰冷的感覺，彷彿有不可能出現在脖子上的朝露劃過。

接著，母親閉上雙眼，大大吐了一口氣，抹去原本的表情。

隨後只看見母親擺出一如往常的神情，語氣平淡地送我離開。

「慢走。」

想必她是在猶豫了許久以後，才決定選擇這個說法。

她用這句話，表達了在島村家應該會是「記得偶爾回來」的道別。

「嗯。」

我穿好鞋子。注意力集中在腳跟，用力挪動踩著地板的雙腳。

就這麼頭也不回地，快步離開家。

身體搶在腳步聲前頭，率先前行。「噠噠噠」的聲音如影隨形，輕撫著後方的髮梢。肌膚還沒感受到春天的溫暖。前進的步伐，把許多事物也拋在了腦後。

我的內心相當平靜，要走到哪裡都不成問題。

就像放空腦袋，騎著腳踏車去打工的時候一樣。

結果，我還是沒有任何感覺。

我不論是在這個家，還是這個城鎮的每一個地方，都找不出半點感傷。

這讓我體會到，原來我根本就沒有任何的後悔，或是捨不得的情緒。

自覺到這一點之後，我突然覺得有點想哭。

我不討厭她。但一直到最後，我都不知道自己有沒有喜歡她。

真要說的話，她在我心目中就只是這樣的人。我猜她對我也是一樣的想法。

我想要對她說。

我——

我的聲音跟思緒在這時候中斷，化成碎片，要花上很多時間來找出接續的答案。

而我也在這段時間內不斷邁步向前，愈走愈遠。我這雙沒有理由停下的腳，走起來毫不留情。我感覺自己就這樣走了一輩子分量的路途，並像是在最後突破了某種障礙，回到這座城鎮當中。

我感受到自己的呼吸。心裡亮起一道火光。一股重力壓在肩頭，開始聞到陌生的氣味。

接著感覺到春天拂過臉頰，本來快要泛出的淚水，早就縮了回去。

走過這麼遙遠的路途，我才終於整理好自己想告訴她的話。

這樣不會太慢，也不會為時已晚。

因為，我終究沒辦法面對面跟她說出這番話。

我們就是這樣犯下了非常大的錯誤。

但我還是想說——

媽媽。

我打算得到幸福。

我會用不和妳聯絡，不和妳見面，完全不依靠妳。

還有不和妳面對面交談的未來——

用我人生的每分每秒，告訴妳我是幸福的。

『Be Your Self』

「嗯，我感覺自己好像哪裡做錯了。」

「妳在說什麼？」

「我在說我看著女兒離開家那時候的感想。」

「哦～」

「妳好像一點興趣都沒有耶特地跟妳提這個真抱歉喔我已經想趕妳走了。」

「討厭啦～不要生氣嘛。」

「再說，妳到底為什麼會來我家？」

「因為我女兒也離家了。」

「……妳這理由聽起來好像有道理，但根本是歪理。」

「好朋友～」

「好啦好啦。」

「要我安慰妳嗎？」

「……妳要怎麼安慰？」

「唱歌。」

「不准唱。」

「為什麼為什麼？怎麼這樣啦～怎麼這樣～」

「去死啦。」

「所以，妳是做錯了什麼？」

「可以不要突然把話題拉回來嗎……而且這很難解釋。」

「太複雜的事情我會聽不進腦袋裡，沒關係嗎？」

「妳這樣問，我也很難回答。我自己也是就算想整理成一段話，也不曉得該怎麼說……我只是感覺櫻大概再也不會回來這個家，就說不出『記得偶爾回來』這種話，結果在想該用什麼話代替的時候，才發現我對待她的態度有問題，是我在這方面上做錯了……我大概是有這種想法……吧。」

「妳這不就整理成一段話了嗎？」

「的確，比我原本想像的單純多了。」

「妳冷靜下來了嗎？」

「……是啊。」

「難不成我其實有治癒效果？」

「致人憂鬱。」

「哈哈哈，這妳已經說過好幾次了，我可不會再特地稱讚妳很會講雙關語了喔。」

「妳怎麼好意思常常自稱很治癒……那，妳家情況怎麼樣？」

「我家？嗯～該怎麼說？反正我本來就有料到會這樣了，沒什麼好驚訝的。而且我還有另一個女兒。」

「是喔。」

「喔，不過，我有想起抱月更小的時候的事情，就很感慨自己也老了不少，有不小心放空了一下。」

「嗯，明明每個人擁有的時間都一樣久……都一樣久，對吧？」

「妳很後悔嗎？後悔沒跟安達妹妹培養感情。」

「我是沒有很後悔……不過，倒是有種好像身體裡有一根骨頭不知道跑去哪裡的感覺，有一點靜不下心來。」

「只是『有一點』靜不下心還滿誇張的吧？」

「應該吧。」

「我是不覺得妳有做錯什麼。畢竟安達妹妹很乖。」

「很乖嗎？我大概錯就是錯在沒辦法判斷她是不是乖小孩。」

「妳把小孩子養到可以離開家，獨立生活。這樣就夠了，不是嗎？」

「…………………………」

「而且，如果她不會回家，那妳主動去找她就好了啊。」

「妳真的是喔……」

「我真的是？」
「妳聽我說她不會回來，都沒察覺到是為什麼嗎？」
「既然她覺得回來很尷尬，那妳更要貼心一點，主動去找她啊！」
「……我不想理妳了。」
「不要拋棄我嘛～」
「我有時候會很羨慕妳，弄得我心情糟透了。」
「妳這話還真過分耶。」
「反正我跟櫻不可能學得了妳的作風……現在這樣，或許才是最適合我們的距離。」
「那就只能死心了，哈哈哈哈。」
「妳放棄得太乾脆了，反而很讓人火大。」
「哈哈哈。」
「我剛才有提到任何一件好笑的事情嗎？」
「今天要來喝悶酒嗎？」
「不要。」
「妳這聰明的小傢伙。」
「至少要喝也不是跟妳一起喝。」
「我完全喝不了酒～」

「我真應該相信妳說喝不了酒的。」

「就是說啊～」

「現在想到妳喝酒就變魚尾獅，還是會滿肚子火。」

『The Sakura's Ark』

情人節啊——我在課堂上以手托腮，漫不經心地想到情人節。記得我去年好像也是用差不多的心態面對這個節日。我往右斜前方的安達看了一眼，正好跟她四目相交。我就這麼在持續不斷的講課聲中，跟安達相互凝視。

安達的眼神雖然一如往常地有點慌張，但她遲遲不肯移開視線。明明還在上課卻回頭看著我，實在是很大膽。我很想告訴她要乖乖看著前面，可是只靠身體動作跟手勢，很難正確表達我的意圖。如果我把手朝外揮，安達一定會當成是要她滾開的意思。如果我撇開視線，安達一定會懷疑是自己做錯了什麼。

她的心思很敏感。所以我有時候會想避免過度接觸，拉開一點點距離來觀察她。

我一邊這麼心想，一邊心不在焉地繼續跟安達對看。

「今天的課就到這裡結束。」

雖然這段關係不能就到這裡結束，總之時間來到下課過後的放學時分。我以手托腮看往窗外，發現白天的時間變長了一點。我感覺十二月的夜晚最長。夜晚時間久一點，聖誕老人是不是也比較方便送禮物？

我漫不經心地看著還沒受到夕陽太多侵蝕的淡黃光芒……看著看著，就湧上一股睡意。

我雖然也喜歡晚上的一片漆黑，但說不定在柔和光芒的擁抱下睡覺，會睡得更安穩。

我的思緒飄向過往，想起以前的國中生小島是過著放學後馬上去社團活動揮灑汗水的健康生活，但途中發現有人在注意我，就轉頭看往視線的來源。雖然不需要確認，就知道鐵定是安達了。看是我主動去安達的座位找她，還是她過來找我。最後的結果只會是這兩種其中之一。

把書包抱在懷裡的安達微微低著頭，往我這裡看來。

「妳一直在看我，是有什麼事情要找我嗎？」

「咦？嗯……不，剛才是安達在看我。」

我沒來由地刻意主張自己的說法才是對的。安達用書包遮著嘴巴，細聲說：

「島村也有在看我。」

「才沒有才沒有。」

「可……可是我們對上眼了耶！」

「啊……這個嘛……不行，我想不到別的了。」

頂多只想得到「我睜著眼睛睡著了」這種無趣的藉口。

看得出來安達聽不懂我在說什麼。我自己也不知道——我輕輕搖頭。

「哈哈哈，總之，妳不用放在心上。」

我用笑聲敷衍帶過這個話題後，躲在書包後面的安達就直直盯著我看。

「妳在生氣嗎？」

安達搖頭表示沒生氣。接著說：

「我覺得島村這部分有點像島村的媽媽。」

「什麼！」

我心情上很難乖乖承認她說的是事實。我感覺到自己不滿地噘起嘴唇。

「會嗎？」

「……妳在生氣嗎？」

「沒有，我沒生氣……也是，人本來就會像父母。」

安達也跟她母親很像。側臉給人的感覺更是完全一模一樣。

但就算把這件事告訴安達，她大概也不會覺得高興。

我決定回到正題。

「那，就當作我們剛才是互看吧。」

「嗯。」

我們兩個都接受了這個結論。再來——

「要去哪裡逛逛嗎？」

因為每次都會順便一起找地方逛，我決定主動問問看。安達把書包放下來，從嘴角看得出她很高興，卻在準備開口的時候僵住不動，像是突然想起了什麼。

「我今天要打工。」

「這樣啊。好，那我直接回家。」

我立刻從座位上站起來。一站起來，就感覺鼻尖接觸到的空氣跟剛才不太一樣。坐著的時候溫度比較高，還是該說比較沉悶？或許是高處的風比較有幹勁，吹得比較勤快。

我朝著教室門口前進，隨後就感覺到背後有種想攔阻我的氣息。

一回過頭，就看到安達像鬧彆扭的小孩子一樣垂著頭。

「安達？」

「我在想，妳會不會覺得有點失望？」

「超～失望的。」

「真是的。」

「好痛。」

安達隔著衣服往我背上捏了一下。而且因為是硬要捏……是硬把我拉過去捏。好痛。

「真要說讓人失望的話，應該是我的這裡吧。」

我跟安達並肩走在走廊上，敲了敲自己的頭。

「咦？妳是指什麼？」

「我也差不多該好好記住妳星期幾要打工了。」

因為不是自己生活的一部分，所以總是記不起來。

明明安達幾乎對我沒有任何隱瞞，我對她卻還是有很多不了解。說起來真是不可思議。

「對了，安達妳打工沒有什麼特別的目的吧？」

「嗯。」

「妳好棒喔～」

「聽起來好敷衍……」

安達傻眼地露出些許笑容。

「沒有特別的目的，還能保持勞動習慣……呃～耐力很強。」

我說著「很棒喔～」，摸了摸安達的頭，而她的臉頰也開始顯現笑意，好像也不是很討厭被這樣對待。不過，她又馬上搖搖頭否定。

「把……把人當成小孩子……不好。」

「不、不，小孩子又不會工作。」

像是我。

「所以安達是個很成熟的大人，我只是在誇獎妳這一點而已。」

安達應該是高處的風吧。她會很勤快地四處流竄。而這陣風偶爾會讓人很清爽。

我們明明同齡，我卻沒有足夠活力加入風的流動。我究竟是在哪裡失去了這份活力的？

我們就這樣來到了校門前，也是我們道別的時刻……不過，安達不知道什麼時候握住了我的手，完全沒有要放開的意思。我往旁邊大步走了幾步。這讓我跟佇立原地的安達之間，架起了一座美麗的橋。

「安達。」

這個、這個——我用視線示意這座橋的中心。安達凝視我們交錯的指尖，隨後不知道是在想什麼，開始一步步貼近我。妳誤會我的意思了——正當我這麼心想的時候，安達就疑惑地問：

「咦？不是這個意思嗎？」

「妳以為我是什麼意思呢？這位安達小妹妹……」

安達不知道是誤會成什麼意思，臉頰搶先傍晚的天空染上一抹紅色。她的頭髮垂在臉頰上，就讓整體色調變得很漂亮——我在奇怪的地方體會到一陣感動。

同時在想，我們到底在還有其他學生走動的地方做什麼奇怪的事情？

「安達妳——」

「怎……怎麼了？」

「如果用動物以外的東西來形容，就是像納豆吧。」

「……咦？」

於是，我就這麼跟黏答答的安達道別，獨自踏上返家的路。但認真講，安達上完課還能去打工，真的是比外表看起來還要強壯。她的心思感覺很敏感，很脆弱，卻很有彈性。也因為很柔軟，而絕對不會在拗折之下毀壞。

我很尊敬安達這種不會挫折的強韌。

「雖然她的動作倒是常常變得硬梆梆的就是了。」

哈哈——害她動作僵硬的原因笑了出聲。雖然現在才冒出這個疑問有點太晚了，但我真的有什麼值得讓她那麼緊張的要素嗎？如果是國中的狂犬小島村就算了，現在的我……其實自己這樣說也是有點奇怪，不過現在的我變得比較隨便，也說不定是我態度很隨便，才反而讓她很意外。

安達會很明確表達自己的想法……她自己是這麼認為的。

安達表達的意見跟情緒都非常簡單明瞭。之前有時候會因為她的舉動太詭異，變得很難懂，但現在只要退一步觀察整體狀況，就大概看得出她要表達什麼。這對已經十七歲，而且準備變成十八歲的我們來說，或許是一種很少見的才能。

就算直直走，也會在不知不覺間轉彎。安達則會在這種情況下直直跟我交會。

要是我在很叛逆的時候認識安達，不曉得會變成怎樣？

我有時候會無謂地思考起這種事情。

如果把我們認識的過程拿掉體育館、夏天、蟬等一切關鍵。

那大概什麼事都不會發生吧。我凝視著空無一物的世界，如此心想。

「哎呀，這不是島村小姐嗎？」

我聽到熟悉的悠哉聲音從頭頂上傳來，有一瞬間嚇了一跳。我還來不及往上看，就有閃閃發亮的東西飄落下來。我「唉」的一聲，嘆著氣抓住頭頂上的傢伙。接著，再把那傢伙拉下來身旁。我認識的人之中，只有一個人會在不知不覺之間壓在我頭上，所以不用看也知道是誰。雖然感覺找遍地球的每一個角落，也找不到第二個會做這種事的傢伙。

是社妹。她今天穿著魚造型的睡衣……不對，是布偶裝？我沒辦法一眼看出是什麼魚。畢竟一般生活中看到的魚大多是切片。這麼說來，雞跟豬也是。一注意到這一點，就覺得這個世界挺驚人的。

「妳好～」

「好、好，妳好。記得不要隨便壓在別人頭上。」

「為什麼？」

眼前的魚類拍打著魚鰭，毫無障礙地在陸地上走。

妳問我為什麼……到底是為什麼？

「可是小同學被這樣壓會很高興。」

「畢竟我妹很喜歡閃閃發亮的東西。」

我妹偶爾會說社妹很像妖精。妖精啊。她飄散鱗粉……應該說是發光的粉末，的確很有妖精的感覺。外星人跟妖精哪一個比較貼近現實？

「順帶一提，這個是鰹魚喔。」

「哦～」

「我看到有地球人穿著這種衣服，就參考了一下。」

「妳看到的真的是地球人嗎？」

那是大海裡想侵略陸地的半魚人尖兵吧……不對，半魚人也算是地球的生物。算嗎？

「我今天有事情要去找島村小姐你們喔。」

「有事情？這麼難得。」

明明她每天都沒有任何特別的理由，就跑來待在我家裡。

「聽了可別嚇到喔，我是要去送巧克力給大家。」

「哦哦？」

她說出口的要事讓我很意外。

「就是那個情輪節。」

「……我大概聽懂妳是指什麼了。」

雖然日期差很多。對社妹來說，日期跟星期幾應該都沒什麼意義。

她自稱活了幾百歲，所以對時間的概念也跟一般人不一樣。大概吧。

這麼說來，我跟安達都沒有特別提到情輪節。

該不會只有我特別在意這個節日吧？一想到這裡，就有些難為情。

社妹就這樣踩著輕快步伐，跟我一起回家。或許是因為旁邊有一隻魚，我感覺這條路走起來比平常還要冷。

也有可能只是氣溫比平常還要低。
我看往放在玄關的鞋子，發現比應該要有的數量還少。
「看樣子我妹還沒回來。」
「哎呀。」
「最近的小學生還真忙呢～」
「呢～」
一個看起來像閒閒沒事的小學生的傢伙，滿不在乎地脫下涼鞋就進去了。由於鞋子脫得亂七八糟，我只好幫她排整齊。
先走進家裡的社妹得意洋洋地擺動她身上的魚鰭，轉身面向我。
「我有準備島村小姐跟小同學的，還有媽咪小姐跟爹地先生的喔。」
社妹從布偶裝裡面接連拿出巧克力。她拿出實在不像能收納在魚腮裡面的四個有一定大小的盒子，堆疊在自己小小的手上。
「哦……這些是妳買來的嗎？」
我有些在意這些巧克力是怎麼來的，便這麼詢問她。眼前這隻魚發出「哈哈哈」的笑聲。
「我昨天有看電視，就參考了一下。」
「參考了一下，然後？」
「哈哈哈哈哈。」

「呃，不要只顧著笑。」
「就自己揉一揉。」
她用雙手手指做出揉來揉去的動作，交纏在一起，最後再用力壓緊。
「揉一揉？」
社妹說的揉一揉聽起來跟手工又不太一樣。怎麼說，很像無中生有的那種揉一揉。仔細一看，就發現包在巧克力盒子上的緞帶右側全都有小小的摺痕。彷彿直接複製了第一盒巧克力的樣貌。
「嗯……」
總覺得這個巧克力很像沒有放可可。不過算了，沒差。
這大概就像外星人從包包裡拿出冰淇淋那種感覺吧。
就當成是這麼回事好了。
「總之，我妹應該會很高興吧。」
「島村小姐不高興嗎？」
社妹睜著她圓滾滾的純潔雙眼，疑惑問道。
「嗯……不是，嗯。很高興吧。」
我突然很疑惑，自己為什麼會變得連面對一些瑣碎小事，也總是選擇逃避？
於是，我一時決定嘗試不選擇逃避。

老實表達收到別人送的禮物的喜悅。
明明只要把喜悅直接表現在語調，還有態度上就好，卻覺得這種行為很羞恥。
或許真正丟臉的，是變得連這種簡單的事情都辦不到的自己。
「我很高興，謝謝妳。」
我摸摸她的頭。雖然變成是在摸魚的頭。
發光的魚露出非常心滿意足的笑容，不斷揮動尾巴。
因為氣氛很溫馨，我就刻意不去講究那條尾巴是怎麼動的了。
「所以，請送我巧克力。」
她迅速伸出空著的手。
「妳好像比去年更了解情人節是什麼樣的節日了嘛。」
是誰教她的？我妹嗎？
「現在沒辦法馬上送妳，我想想……那，等我妹回來，我們再一起去買吧。」
「好耶～」
我眼前這條魚很「魚」悅——呃，沒事。不過，這下我就得跟這條魚一起去買東西了。
「唔……算了，無所謂。」
反正脫掉這套衣服還是會很醒目。
「欸～」母親突然來到走廊。她直接大步朝我們跑來。

「都是因為妳們不趕快來，害我想突然跑出來嚇人的計畫都泡湯了。」
「連妹妹都不會幹這種事耶。」
「我的思維竟然比小學生還要年輕，會不會太猛了？」
哈哈哈——她大笑幾聲敷衍過去，所以我也很快就放棄反駁。我從爸爸對待母親的態度中學到面對她的時候，早點死心才是最重要的。但很麻煩的是，要是很明顯故意不理她，她又會拚了命地死纏爛打。我國中時真的很討厭她這樣，還因為這樣吵架。
現在回想起當時的自己，就覺得自己嘴巴意外狠毒，讓我感受到類似舊傷散發出的微弱疼痛。
現在的我無法對母親擺出太強硬的態度，說不定就是過去帶給我的小小罪惡感使然。
「嗨～嗨～媽咪小姐。」
「怎麼了？魚類。」
「這是給媽咪小姐的巧克力。」
「喔？妳怎麼突然送這個？」
「這是情輪節禮物。」
「妳偶爾也滿大方的嘛。」
母親也摸了摸社妹的頭。她的頭正好位在一個很方便摸的高度。
「那我再買便宜的板狀巧克力當回禮。」

「哇～」
妳收那樣的回禮真的開心嗎？
「……嗯。」
既然當事人很高興，那我也不想繼續計較。到頭來，還是只要收的人開心就好。
社妹之後進來我家吃晚餐、洗澡，還跟我妹一起睡覺，但這也是她的老習慣了。
人類不論遇到什麼事情，最後都有辦法習慣。
讓更多的理所當然出現在自己的人生當中。
人會不斷重複遺忘跟習慣，逐漸擴大自己的傷口，提升自己忍耐疼痛的極限。

當家人跟多出來的那一個都進入夢鄉，時間來到深夜，用功讀書的手也沉重了起來。
我暫時放下自動筆，伸個懶腰。但堆積在眼皮上的睡意依然沒有釋放出來，於是我整個人癱在暖爐桌上思考該怎麼辦。其實也等於我已經輸給睡意了。
今天就到這裡，先去睡吧。我用已經有一半關機的腦袋這麼想時，突然有一陣電話鈴聲照亮了我的腦海深處。我繼續癱在桌上，靠著聲音伸手尋找手機。
「是安達嗎？」
雖然她不太會在深夜的時候打電話過來。我拿起手機，旋即覺得應該不是她。安達不會

直接打電話，會事先問能不能打。會直接聯絡我的人是──

「小樽。」

是小樽。好難得……說難得好像也挺奇怪的。不過她最近都沒有打電話給我。

我回想起升上國中以後，因為分在不同班，就漸漸沒怎麼再交流的那段時期。

而我們正好在一年前巧遇，後來也只有見過少少幾次面。結果又自然而然變得疏遠，或許樽見跟我之間的關係很難再繼續維持下去了。我一邊想著這些，一邊接起電話。

我手掌上的觸感，就像紙杯做的傳聲筒一樣輕薄。

「喂～妳好。」

跟安達說話不用想太多，但我有點煩惱對樽見的第一句話要說什麼。

還真是不可思議──我暗自心想。

明明認識樽見的時間更久。

『嘿。』

「呃，安安～」

『抱歉，妳剛才在睡覺嗎？』

「我剛才可是在念書喔。」

『啊，妳故意講得比較好聽。』

才沒有特別講得比較好聽──我看了攤開的筆記本一眼。如果能讓她看到，我很想把本子攤好攤滿給她看。我盯著筆記本一角的空白，等待樽見出聲。

『小島？』

「咦？怎麼樣？」

『呃，因為妳都不說話……』

「我在耐心等候您詳細說明有何貴事。」

我重新穿好棉袍，挺直原本彎曲的背脊。

『原……原來如此，失敬失敬。』

「別放在心上，呵呵呵。」

我不小心學起社妹的笑聲。不可以學她——我默默反省。

一小段空檔之後，樽見就像是要先助跑一樣，吸了一口氣。

『呃，我其實沒有事……不對，我有事要找妳。嗯。我們一起出去玩吧。』

「現在？」

我用不著看時鐘，也知道現在才剛換日沒多久。不愧是不良少女，竟然想這個時間出門。

話說回來，樽見現在也還是不良少女嗎？我從母親那邊聽到的傳聞說樽見是個不排斥幫忙家裡工作的孝順女兒。有什麼會被說是不良少女的部分嗎？

『啊，小島想現在出門的話，也是可以啦～』

「不可以，我很想睡。」

『我想也是……那，等妳睡醒再出門也可以，要不要去哪裡玩？』

原來是要約出去玩啊。明明也只可能是想約我出去玩，我卻沒有事先察覺她找我的用意。

嗯——我有點猶豫。

以前我會馬上答應她，但現在會考慮到安達的心情。安達大概會不喜歡我跟樽見出門。她大概會表現出非常強烈的厭惡感。她就是這種人。她真的很容易動搖，很容易被煽動，就像火焰那樣不穩定，還會延燒開來。

我本來想找個安達送我的東西看幾眼，培養一些情緒，但手邊沒有她的禮物。我改拿不知道什麼時候跑到我旁邊的海豹玩偶來摸摸它的肚子，在被舒適的手感療癒一番以後，才抬頭準備回答。

「我要跟妳去玩需要……怎麼說，需要先經過別人的同意。」

『同意？』

我把手指抵在鼻子旁邊，猶豫要不要講得很詳細。「把詳情告訴樽見有意義嗎？」的心情；「考慮到未來，還是講清楚比較好」的想法；跟單純覺得麻煩的三大勢力正在互相抗戰。總之，我不可以用覺得麻煩這個理由直接拒絕她。我每次行動都會從麻不麻煩開始考慮。我可能天生就是個懶惰蟲吧。

「嗯——」

『小島？』

樽見是個好人。這是我唯一熟知的一點。
算了，就說吧。
「其實我不是交到男朋友，是交到女朋友了。」
『……咦？』
我感覺到樽見愣住了，認為現在就是一口氣講清楚的大好時機。
「我自顧自地跑去玩，會很對不起女朋友啦～哈哈哈～」
所以，我又多強調了一句。如果分成很多次講，我應該也會很難開口。
「……哈哈哈～」
我在一種獨特的尷尬氣氛壓迫下，發出沒有任何意義的笑聲。之後也在樽見沉默的空檔中，不斷重複「呃，哈哈哈」的反應。變得有點像在學一有空檔就先笑再說的社妹了。我把心思集中在受到那個神奇生物莫大影響的自己身上，逃避眼前現實。
不久後，樽見的聲音劃出了一道螺旋。
『真假？』
「真的。」
換作是一年前的我也不敢置信，但這的確是現實。
『女……女朋友？』
「嗯、嗯。」

這麼說來，記得她之前好像問過我有沒有男朋友。我當時說沒有，現在也沒有。不過，我倒是有女朋友了。

人生真的很不可思議。還是說，我的人生在認識安達的那一刻，就已經確定這一生要走什麼路了？

不知道安達是從什麼時候開始喜歡我的？我事到如今才在這種時候出現這樣的疑問。

『這……』

「……這？」

樽見遲遲沒有繼續說下去。她只講了「這」，沒有講出後續。

我看著喝乾的杯子底部，留在杯底的香氣也干擾著我的思維。

不久後。

『這……樣啊。』

她接著說出的反應很普通。不過，語氣中卻充滿了掩飾不住的動搖。也難怪她會驚訝啦。

她搞不好還會很排斥這種情況。我有點疑惑自己把事情講這麼明白，真的好嗎？

可是樽見是我的朋友。我想盡可能避免——再繼續對朋友採取逃避的態度。

『小島有……女朋友。哦，是……是喔～』

「啊，妳不用勉強自己假裝鎮定啦。」

而且連我自己都很不平靜。所以，乾脆就兩個人一起慌張吧。

正當慌張的我沒什麼幹勁地左右搖擺身體的時候，耳邊傳來樽見高了好幾度的聲音。

『好……好前衛……啊。』

「畢竟我也是個……女高中生嘛。」

『這樣啊，女朋友……嗯。』

這讓我很難回應，導致等待的時間愈來愈長。

樽見的聲音聽起來有如來自合上的鳥喙裡面，最先發出的音節很模糊，聽不清楚。

我偶爾摸起手上莫名其妙的海豹玩偶，緩緩吐出快要窒息的呼吸。

『我現在知道妳有女朋友了，不過……』

「不過？」

『我想跟妳見一次面。可以嗎？』

她的聲音彷彿剛撈起的冷水，滲入我的身體。

在我的指尖留下一陣銳利的疼痛。

「好啊。」

我接受樽見提出的第二道邀約。

她為什麼……會想跟我見面談談？這麼做，又有什麼意義嗎？

我不懂她的用意。也因為不懂，才想跟她見面看看。

「那，我們約明天吧。」

『明天？』

「咦，妳明天不方便嗎？」

我覺得可以在放學的路上順便見個面。不過，放假的時候約在我們其中一個人的家，是不是比較近？

『是不會不方便，只是覺得這種時候……覺得小島很難得會主動決定時間。』

「是嗎……啊，好像是。」

『而且超乾脆的。』

「我覺得早點見面比較好。」

因為感覺拖得愈久，也會想得愈多。

『不過……也的確是很像小島的作風。』

樽見的語氣聽起來摻雜了一點高興，是我想太多了嗎？

『那，明天……放學後約在車站前面，可以嗎？』

「好。」

『嗯……嗯。』

她的聲音像是溶入水中般變得模糊，隨著這段連結彼此的通話消失。

率先掛斷電話的是樽見。

「嗯……」

雖然睡意全消是好事，卻也反而出現了類似倦怠的感覺。說是劃清這段關係的界線有點太浮誇，而且意思好像有點不太對，也有點把這件事看得太重了。

不過，我總覺得有種很接近那種心情的堅硬物體在腹部深處滾動。我感覺自己像是變成了鱷魚。這麼說來，我好像看過社妹穿著鱷魚裝——我在回想這種超級無所謂的事情的途中，發現有其他人聯絡我。

「喔，這次就是安達了。」

『我可以打電話給妳嗎？』

這通聯絡……聯絡？是在不久之前傳來的。我在打量這段簡短訊息的時候，手機又再發出一次通知鈴聲，收到寫著『可以嗎？』的訊息。我有點被嚇了一跳……是像那個嗎？像因為已經標示已讀，就再問一次的狀況嗎？我想像安達動也不動地守在手機前面的模樣，就不打算多考慮這個疑問了。

「『可以～』……」

我才剛回應完，安達就馬上打來了。真不愧是安達。

「喂～」

『晚……晚安。』

有一點點雞同鴨講的問候，讓我忍不住笑了一下。接著，我也回應她一聲「晚安」。

『妳剛才在睡覺嗎？』

「是在拚命用功讀書。」

『啊，是喔。』

「原來我在大家心中這麼不值得信任啊。」

而且連「妳剛才在睡覺嗎」的問句都一模一樣。她們是把我當成貓還是什麼了嗎？

『不……不是，我是覺得島村好認真。』

「謝嘍～」

『可是，妳回覆得有點慢。所以才在猜妳是不是在睡覺……』

喔，原來如此。我沒有多想什麼，就直接回答：

「因為我剛才在跟別人講電話。」

所以回覆才會比平常慢。我只是抱著普通講述剛才在做什麼的心情這麼說。

『…………』

「安達達？」

感覺安達的呼吸很乾燥，是我想太多了嗎？

『妳剛才在跟誰講電話？』

「嗯？朋友。」

『…………』

「不要在這種時候不說話，安達小妹妹。」

『可是——』

「沒有可是不可是。」

『……可是……』

她像是小朋友在鬧彆扭一樣的語氣，害我不小心笑了出來。

『這……這才不好笑。』

「啊～太好笑了。那個啊，安達，啊～嗯～我想一下喔～」

真傷腦筋啊～我帶著往右方游移的眼神笑道。這下該怎麼辦？我躺了下來，煩惱該怎麼回應安達。

我看到眼前立起各種牌子。開玩笑、生氣、認真說。我以前常常會選擇生氣。以前的我到底是看什麼事情那麼不順眼？一回想過去，就會看到國中時期的自己狠狠瞪著我，很難跟她對話。要是我面帶傻笑靠近她，可能還會被她拿籃球砸。

「友誼是很重要的喔……是說，安達妳沒朋友嗎？」

『嗯。』

安達肯定的語氣中似乎沒有任何不高興的情緒。也對。我的說服馬上就以失敗收場。而且朋友、家人跟無關緊要的他人在安達心中，說不定都是一樣的地位。

那，就這麼說吧。

「雖然我好像有問過，但我真的這麼不值得信任嗎？」

我看起來會像她想像得那麼對他人漠不關心嗎？我倒是覺得我就算不怎麼關心別人，也至少有在認真關心安達。

『我很信任妳，可是……』

「真的嗎～？」

『知道島村跟我以外的人玩得很開心……會很塞。』

「很塞？」

『會很像有泥巴水卡在胸口。』

「會嚴重到這種地步啊～」

『我不想把島村分給任何人。』

「嗯……」

現在先不追究安達真的超愛我這一點，她的愛……好深沉啊！太深了。就像大海。沒有多想什麼就跳進去游泳，一定會遇難。講得比較有詩意是這樣。如果要形容得具體一點，就是占有慾很強的女朋友。

不過啊——我這麼心想，揮了揮手。

就算可以兩個人一起生活，要整個人生裡都只有我們兩個是非常困難的一件事啊，安達小妹妹。如果我的思維跟安達一樣倒還有可能，只是，那樣就不是「兩個人」了。

「其實我啊，在跟別人講話的時候，腦子裡也都只想著安達喔。」

我不是故意說好聽話，而是這種狀況真的變成了事實。這大概代表安達的存在已經嚴重侵蝕了我吧。她應該是咬著我的側腹附近。她會大口咬住我，讓我再怎麼樣都無法忽視她。

「所以老實說，安達不信任我的話，我會很沮喪。」

怎麼說，我是不太會主動踏入他人領域的人。

這種態度是源自我不想讓別人深入了解我。

要是能讓我願意撤除這道防線的安達不信任我，我很可能會陷入一種沉重到無法自拔的心境當中。會有一種摻雜了寂寞跟心死，很像帶有灰暗深藍色彩的情緒如海浪般席捲而來。

彷彿獨自坐在夜晚的海邊，卻也覺得待起來很自在。

就因為很自在，才很可能一不小心就多加逗留。我必須想辦法從海灘上站起來。

我希望，牽著我離開的人是安達。

『對不起。』

「安達也不需要道歉啦。不過……人要完整又正確表達自己的心情，果然不是一件簡單的事。」

有時候直接說清楚講明白，也還是會被懷疑，所以我實在想不到精準表達想法的最好方法。但是，我會全盤相信安達對我表達的想法。畢竟很好辨認她講的是真是假。

『我真的很信任島村。』

「嗯、嗯，我也超愛妳的喲～」

『……果然還是有點不能信任……』

怎麼這樣？

「好了，我們本來在聊什麼？」

『呃……咦？好像……什麼都還沒聊到。』

「啊，還只有被安達質問而已。」

『我……我才沒有到質問那麼誇張……希望沒有。』

「我們暫時先不要聊嚴肅的話題，妳就提一些有趣的事情吧。」

『咦？』

「妳都打電話過來了，我猜妳應該有什麼話題可以提供吧？」

我們來嗨翻天吧——我抬頭看往時鐘，要求她炒熱氣氛。現在已經是最好去睡覺，避免影響到明天狀態的時間了。雖然不是該嗨的時候，但我就是故意要嗨一下。

「嗨。」

『嗨？』

「我嘴巴有點太急了。來，安達同學請說。」

我想讓她可以好好過濾堵在胸口的泥巴水。可是過濾完之後，那些剩下的泥巴又會跑到哪裡去？

『啊，那——』

「嗯、嗯。」

『其實下星期……有個叫情人節的節日。』

「啊～好像有這個節日呀～」

我故意裝傻。

「是有這個節日沒錯呀～」

『對……對呀～』

明明也不需要勉強自己配合我——我把視線撇向一邊，笑了出來。

「所以這位客官情輪節那天有要做什麼嗎？」

『這個呀……就是，我今年也想過情人節。』

聽安達沒再繼續怪腔怪調，我也改回正常的語調回答她：

「好啊……我們今年也來過情人節吧。」

『啊……嗯！』

我看得到安達正在猛力點頭。人類就算不用親眼看到，也能藉由其他各式各樣的手段感覺到一個人的一舉一動。因為人類做得到這種境界，也難怪會有人相信存在超能力之類的東西。

『要再去買嗎？』

「也可以。而且去年的巧克力滿好吃的。」

順帶一提，今天社妹給的巧克力是甜的沒有錯。裡面裝的是動物造型的巧克力，但我們家沒有人看得出最中間的奇妙生物是什麼。連社妹自己也不知道。

一邊說著「太不可思議了～」，一邊用四根手指頭夾著板狀巧克力的社妹看起來一臉幸福。

「也只有買巧克力才會需要去名古屋。」

『嗯。』

「不知道等高中畢業之後，會不會多出其他去名古屋的機會？」

又或者是我要離開家生活。我嗎？我不禁凝視起天花板。

『島村會想上大學嗎？』

「嗯～不知道耶。」

我沒有什麼想要熱衷學習的領域。可是，也無法想像自己高中一畢業就去工作的模樣。腦袋裡的自己一直都是高中生，沒有想要改變自己的意思。我甚至覺得每天跟安達一起悠悠哉哉去上學的時光會永遠持續下去。明明有朋友告訴我不可能有這種事，我卻還沉浸在這種幻想當中。也或許是我眼裡的未來太過模糊不清害的。

「那安達呢？」

我稍微逃避了問題。

『我還沒仔細想過。搞不好會去工作。』

「妳要變成中華料理大師安達了嗎～」

『我覺得不可能。』

不過，安達跟我也確實終究要找個工作……到時候，我們這段關係會變成什麼樣子？我們應該還是在一起，但沒有人會清楚知道自己的未來。

而且也有可能會因為感情以外的理由分離。比方說，突然有隕石掉下來，讓人類滅絕。感覺就算人類滅絕了，社妹還是能像個沒事人一樣到處走動。

……算了，現在先不要想這個吧。光是明天的事情都弄得我有點鬱悶了。

「安達，我再拉回正題一下。」

『嗯？什麼？』

她的反應聽起來是不知道我想提哪件事。

「我明天會去跟那個朋友見面。」

我直接老實告訴她。電話另一端的安達則是陷入一陣沉默，連呼吸聲都變遠，讓我有些害怕。

安達的愛太過純粹，有時候還會讓人猶豫該不該碰觸它。

「不對安達說謊，也是我的……怎麼說，也是我對妳的一種愛喔。」

之前沒告訴她，就變得很麻煩。我當時是隨便敷衍過去，還真虧我們有辦法避免出大事啊。算避免了嗎？那時候情況就像紙吸了水以後變得皺巴巴的一樣致命，虧我們還能恢復原本的關係。安達說不定是個魔法師。

『那個朋友不是日野或永藤嗎？』

「嗯。」

『那個……………』

她斷句的方式聽起來是想要說什麼。就好像她知道對方是誰。安達跟樽見有見過面嗎？有的話，安達應該會鬧彆扭，大概沒有吧。

『我也可以一起去嗎？』

「嗯～居然是這種要求啊。」

我聯想到帶著小孩的花嘴鴨。這的確是安達的作風。雖然她的反應跟我對她的看法一致，卻也覺得一般不會想跟著來吧。

我想了各種理由，但我才剛說不會說謊。好吧，就直接講清楚了。

「島村同學我覺得安達在場的話，搞不好就不能正常對話了～」

而且讓安達跟樽見面對面的話……會很那個啊，就是那個。

簡單來說，就是應該會很麻煩。

沒有人有辦法解決那樣的慘況。

「對方是個我想見面好好談談的人。我希望妳可以諒解一下。」

我有種明明沒跟對方在一起，卻要去談分手一樣的奇妙心情。
不過，我只是要跟朋友見面而已，就要經過這麼繁複的手續。安達她——
安達她……大概會把我整個人連同骨頭一起包覆起來吧。
『……嗯。』
她的回應聽起來很不情願，很像堅硬的小石頭。
不是「沒關係」或「我不介意」。
明明平常會藏起真心話，尊重我的決定，但只有這種時候絕不退讓。
我沒有認為這樣好或不好，而是安達本來就是這種性格。
「如果安達乖乖忍著不來……妳有什麼想要的東西嗎？」
我很膚淺地嘗試用獎勵引她上鉤。
『我……我再想想看。』
而安達也乖乖上鉤。
於是，我成功平安跨越了一道障礙。
「今天聊的話題還滿像跟女朋友聊天的。」
放下手機以後，我最先冒出的是這樣的印象。而發出陣陣疼痛的內臟，正好代替我表達了這份體驗的感想。
我雙腿貼在胸前坐著，手裡抱著海豹玩偶。

女朋友這種關係好那個，好複雜。因為要在形影不離的情況下培養人際關係，非常難自我防衛。雙方的情緒攻勢會無止境地持續下去，所以體力先耗盡的那一方就會輸。而連續輸了太多次，大概就會讓這段關係產生裂痕。

雙方都必須拿捏好自己的力道。

「人生好難啊。」

我也可以選擇走平坦的路。但我主動選擇一條山路。讓自己愈來愈難獨自生存。

因為我不惜這麼做，也想找到可以心甘情願接受的人生。

「安達我問妳喔，妳是從什麼時候開始喜歡我的？」

我突然想起昨天很在意的一件事，在午休時間問了本人。「哈唰噗——！」安達瞬間發出除了她以外的人類應該很難發出的聲音，肩膀跟脖子也在同時變得僵直不動。每次都是低頭小口小口吃飯的安達，很難得被吞不下去的飯菜塞得臉頰鼓鼓的。

她這樣還滿可愛的。

看到她的臉色不只發紅，還開始發紫，我才連忙把水遞給她。安達一口把水喝光，途中也沒有被嗆到，就這麼平安脫離了危機，額頭上還流出冬天少見的汗水。安達身體暖得真快。

這種體質在冬天比較不怕冷。
我很羨慕地看著全身暖呼呼的安達，才驚覺一件事。
明明是在教室裡面，我竟然問這麼大膽的問題。
或許是安達帶給我的影響開始見效了。算了，無所謂。問都問了，就問到底吧。
「說嘛說嘛，是從什麼時候開始的？」
我故意想用撒嬌的方式問，結果反而變得有點像在挑釁人。好難喔。
被嚇得睜大雙眼的安達，只有用很像機器的不流暢動作動起嘴唇。
「不……不知不覺就……」
「那還真浪漫耶。」
好像沒有特別因為什麼事才喜歡我。咦，其實好像沒有很浪漫？
「為什麼？」
「？什麼為什麼？」
我嚼著放在便當盒角落的玉子燒，回問她這句提問的意思。
「我很好奇妳為什麼突然問這個。」
「嗯，沒為什麼。」
「喔。」
我很難判斷她的意思到底是：「是喔。」還是「是喔？」

我家的玉子燒還是一樣吃起來偏甜，很合我的胃口。我們家的人都喜歡比較甜的口味。社妹也很喜歡甜一點的食物，或許就是因為這樣，才會常常來我們家。

我用筷子夾起飯的時候，安達還是繼續盯著我看，於是我開口強調：

「我真的只是有點好奇才問問看而已。」

「是……是喔……」

「嗯、嗯。」

「那島……島村呢？」

「嗯、嗯？」

「妳是從什麼時候……呃，開始喜歡的？」

安達嘴巴跟眼睛的輪廓不斷顫抖。感覺不管往哪邊戳下去都會戳破，讓安達從破洞溢流出來。

安達溢流出來是什麼狀況啊？

「我嗎？我想想～祕密。」

「妳好詐。」

「安達妳自己的答案也是跟沒有回答差不多啊。」

但至少代表她在剛認識我的時候，也沒特別對我有好感。

沒有喜歡我的安達。現在實在很難想像她沒有喜歡我會是什麼樣子。

雖然那就等於剛認識的時候的安達，只是我也差不多忘光她當時的語氣跟舉動了。

「……妳真的有喜歡我嗎？」

她偷偷往我這裡瞄了一眼。我為什麼這麼容易被懷疑？

「我很喜歡妳啦～」

……是因為我老是這樣嗎？

可是我得了想忍著羞恥心正大光明說出來，臉頰跟嘴巴就會變僵硬的毛病，原諒我吧。

安達一直凝視著我欲言又止，所以我又補了一句：「真的啦，我喜歡妳，真的。」

從什麼時候開始喜歡……嗎？

我喜歡她的時機倒是滿明確的，大概是因為她說喜歡我，我才會喜歡她吧。

雖然聽起來很膚淺，但事實就是這樣，我也沒辦法。

講得明白一點的話，就是我們一起去看煙火的那個時候。

一想到那是去年夏天的事情，就重新體會到我喜歡她的時間也很久了。

我有些害臊，感覺便當的味道混入了我的感情當中。

我們都吃完午餐以後，安達的耳朵還是帶有點淡淡的紅色。看起來好像楓葉一樣。就在我很感動地盯著她的耳朵看時——

「那個，呃，我去洗一下臉。」

發現額頭流出汗水的安達收拾起麵包袋，快步走出教室。我本來還很在意她不怕把妝洗掉嗎？但畢竟她連在這種季節都能滿身大汗。主要是我害的。

「是我害的啊～這樣不好喔～」

我反省得很事不關己。

我接著收起便當盒，開始發呆時，忽然跟離我座位很近，也正好經過我桌子旁邊的潘喬對上了眼。從教育旅行之後就沒怎麼說上話的潘喬，看起來有點不知道該做何反應。明明直接默默離開也沒關係。她的右手也跟我一樣，提著裝便當盒的提袋。

「嗨。」

「嗨喲。」

雖然不太懂她是什麼意思，但我感覺她應該是替我著想……？替我著想？才不跟我做一樣的反應。

潘喬打的這聲招呼雖然很不自在，離開的腳步倒是輕快不少。

但她馬上就把便當盒放好，回頭來找我。

「噯，島村同學這個時期都是怎麼過的？」

「怎麼過的？」

我是會想在這個時期冬眠的墮落生物，但她應該不是問這個。

「就是，我想知道妳會不會特地情那個人節。」

她這道提問裡的斷句很明顯斷錯了。

「會情啊。」

「哦哦～」

潘喬做出五體投地的反應，隨後朝我走近半步，壓低音量。

「妳去年是怎麼過的？啊，妳去年有特地過嗎……」

「去年？去年……有玩拇指相撲。」

應該吧。

潘喬雙手環胸，優雅地歪著頭表達疑惑。我看得到她身邊冒出了問號。

「拇指相撲是什麼事情的隱喻嗎？」

「我沒那麼有文學造詣啦。」

我沒有聰明到能用拇指相撲描述全世界。潘喬的身體愈來愈歪，甚至其中一隻腳都懸空了。看她能單腳維持現在這個姿勢，肌肉應該是鍛鍊得滿有力的。不久之後，她大概是決定放棄理解我說的話，把腳放回地上。

「好深奧喔。」

「嗯。」

我們彼此都還搞不懂是怎麼回事，潘喬就先行離開了。我一邊發呆，一邊看她回到座位一陣子過後，開始嘗試努力用自己的雙手拇指玩拇指相撲的模樣。這讓我確定她的確是個好人了。我們應該不算是朋友，但也算是一種很奇妙的關係。

安達不在的時候發生了這些事情。順帶一提，安達是在午休快要結束的時候才回來。我有點猶豫要不要告訴安達，她沾到水的瀏海都貼在額頭上了。

於是，時間來到放學時分。我檢查手機，在確認沒有來電以後，離開座位。

「樽～樽～小樽樽……」

我以為唱歌可以多少緩解一下情緒，但其實沒什麼差。

真奇怪，我明明是要去見朋友。

我跟樽見之間曾經存在的那個東西，究竟是怎麼產生的？

我來到鞋櫃，回頭一望。從教室一路跟著我後面走來的安達，也跟著立刻停下腳步。

我要她先乖乖聽話——不對。

「那，我先去一趟。」

我姑且跟她打聲招呼。安達的雙眼有點濕潤，一下「啊——」一下「唔耶——」，又或者是「嗯～嗯嗯嗯」的，讓我忍不住感嘆人生真的很難。要如實表達自己對感情的態度著實不易，到底為什麼安達有辦法輕易表露呢？

當然，我無法變成安達。

不過，我有時候也會想要多少仿效她一下。

「安達。」

我朝她招手，要她過來。安達迅速走來，我牽起她的左手，把嘴唇貼上她的手背。

安達的手連手指都很冷，感覺像在藉由我的嘴唇吸收養分，滋潤自己。

我親完手背以後，就放開了她的手。

安達剛被我放開的手指變得像螃蟹一樣，不斷開開合合。

「就是這樣。」

「咦……啊？」

我拋下愣在原地的安達，裝模作樣地說著「祝您今天會有好心情」，踏步離開。不曉得她現在心情好不好？

『還挺不錯的喔。』

腦袋裡不知道為什麼浮現了社妹的聲音。我沒有問妳啦。

我的心情並不完全是好的。

不對，好的部分還比較少……大概吧。

掛在肩膀上的書包背帶感覺特別沉重。唯一值得慶幸的，是迎面而來的風沒有很強。

但天氣還是冷到耳朵跟頭髮好像要全部黏在一起了。冬天可以把心情低落的原因推託給天氣冷，或許是個很方便的季節。
我默默走往離學校有好一段距離的車站前面，連吐出的氣息都被寒冷的天氣凍結了。
很納悶為什麼會演變成這種情況的心情也占了很大部分。明明只是要跟朋友見面。
不，要說「只是」也不太對。
面對以前的朋友不是件簡單的事情。因為過去跟現在全混在一起，會很煩惱該怎麼看待對方。
這也是不想搞得很難面對，就要想辦法避免變得跟以前一樣的意思……大概吧。也可能是因為這樣，安達才會連平常都那麼拚命。安達會滿意維持現狀可以得到的未來嗎？安達乖巧又五官端正的外表底下暗藏著貪心的本性，很有可能還不夠滿意。
我一邊想著這些，一邊走往車站。走得愈久，安達占據我腦海的比例也愈是增加。
我猜，這應該就是現在的我的內心結構。
車站這種地方就算常常來，也沒什麼機會搭電車。我在約好見面的公車站附近徘徊，確定沒有看到樽見，才站到導覽圖旁邊。
我動手聯絡樽見。她很快就傳來回應。
『我到了～』
『我要到了～』
她人在哪裡？我四處張望。

抱著大件行李的樽見比我晚了一些些才到。

雖然室外人不多，我們往彼此走去的腳步聲卻還是幾乎馬上就消散在人群中。

「呃，嘿。」

「妳好。」

我沒有改掉剛才的千金小姐語調，不小心問候得鄭重了一點。差點就要講出「祝您今天會有好心情」了。

哪有人才剛見面就道別的？

但我腦海一角卻存在覺得那樣心情上或許也比較輕鬆的想法，讓我很想訓斥自己。

「哇，小島……妳看起來沒變呢。」

「那當然。」

樽見也沒什麼變，但頭髮看起來有稍微變短。我本來打算問她是不是有剪頭髮，只是這個話題很難聊下去，所以又決定不問了。可是，其他還有什麼話題好聊？

每次跟最近的樽見見面，都會煩惱這個問題。原來不在同個生活圈，連共通話題都會這麼難找嗎？這種時候，就會覺得學校這樣的地方其實意外重要。雖然要真正察覺學校的益處，想必也是畢業過後一陣子的事情了。

「奇怪？」

想到學校才發現，樽見的大衣底下不是穿制服。

而她穿的格紋裙配色會讓人聯想到秋天，並非冬天。

她是先回家一趟才出門的嗎？

「怎麼了？」

「這個、這個。」

我捏起自己的制服衣領表達疑惑，樽見也馬上察覺到我想問什麼。

「我今天向學校請假，去處理家裡的事情。」

「什麼？」

樽見請假的理由讓我很難判斷她到底是認真的學生，還是比較混的學生。

「因為我想騰出時間跟妳見面。」

「啊……是不是應該挑比較有空的日子才對？」

是不是約在可以多少從容一點的週末比較好？但仔細想想，我也是有問過她方不方便。

雖然有問過，但還是有點自責。

「沒關係。」

樽見輕輕搖頭。真體貼。

「小樽家本來有這麼忙的嗎？」

「嗯……嗯～」

她的回應很含糊。

「也沒有很忙啦。只是有事情要處理而已。」

接著樽見搓弄著耳邊的頭髮，乾脆地說。

樽見家——我小學的時候常常去玩，但沒有什麼特別的印象。她媽媽有在家，記得家裡氣氛好像也很融洽。

不過，那是好幾年前的事情了。現在已經過了很長一段時間。

「原來如此。」

所以我也只能這麼回答。樽見露出看起來有點傷腦筋的笑容，帶過這個話題。

「我們走吧。」

「嗯。」

我在回應的同時，假裝沒有很刻意地回頭確認情況……沒有看到安達在我的視野一角探頭探腦的。安達就算偷偷跟過來，我也不覺得意外。安達會不惜花費勞力做這種事。她都不會有覺得麻煩這種情緒嗎？

雖然她自己偶爾會講出一些很麻煩的話，但她的行動力一定很值得看齊。

「話說，我們要去哪裡？」

我一邊問，一邊上前走在樽見旁邊。樽見隔著手套提著看起來很沉重的包包的提帶。圍巾也圍了很多圈，看不到半點空隙。她有這麼怕冷的嗎？

我以為樽見是往車站的入口方向走，她卻在途中停下腳步。

「第一站……就挑這裡吧。」

樽見最先前往的地方，是自動販賣機。

「唔咦？」

居然要用自動販賣機來玩，小樽找樂子的技巧也滿高超的。其實我甚至不知道這樣算不算高超。樽見只買了一瓶熱茶遞給我。我收下之後，視線在罐子跟樽見之間不斷來回。

「啊，也對。這個手套也給妳戴。」

樽見脫下自己的手套給我。我暫且先接過手套。之後，我才表達疑問：

「這是要做什麼？」

「就先別想那麼多了，妳暖一下身體吧。」

樽見明明沒有碰到我，卻像是溫柔推了我的肩膀一把。我戴上手套。

「這樣是有變暖，可是……」

我感覺自己有可能會一直可是來可是去。樽見接著拿下圍巾，圍到我的脖子上。圍巾的纖維一跟我的脖子摩擦接觸，就覺得有一股寒氣竄過背脊。

「好溫暖啊。」

目前看起來，她好像是想讓我暖一下身子。難不成樽見是想變成微波爐嗎？我整個人被包得蓬蓬的，樽見的穿著卻反而愈來愈單薄。再來，樽見從包包裡拿出毛絨耳罩，戴到我的頭上。我已經呈現任她宰割的狀態。

還是說，她其實是想把我當成換裝人偶來玩？雖然不用在冬天的冷空氣下脫掉衣服，而是愈穿愈多也不是壞事，但我開始擔心會不會穿到厚重過頭了。

「妳要穿大衣嗎？」

樽見伸手觸碰自己穿的大衣。她好像說什麼都想讓我穿得很暖。

可是連大衣都穿上去，會讓我全身上下幾乎都是樽見給我的東西，所以還是婉拒了。

「我已經夠暖了，小樽玩得夠過癮了嗎？」

「不、不，接下來才是今天的正題。」

樽見轉身朝向我們走來的原路。看來應該不是要去車站裡做什麼。

再說，我們到底是來做什麼的？我忍不住這麼心想。

「我有想過該去哪裡，去河邊應該還不錯。」

「河邊？」

最先浮現在我腦海裡的是烤肉。再來就是決鬥。我猜一定不是這兩種。

樽見依然看著前方，說：

「我希望小島可以讓我把妳畫下來。」

「畫？」

「畫。」

樽見的肩膀在這段複誦中微微上下抖動了一次。把我畫下來。

這麼說來，她以前也說過想畫我。

「原來如此。」

我看往身上各種防寒裝備，這才終於了解她剛才的用意。她似乎是想避免要畫的對象受凍。

「畫完之後，我希望小島可以收下這幅畫。」

樽見對再次走上前跟她並肩前行的我，露出不是很明顯的笑容。

「妳要我留著那幅畫？」

「嗯，我希望妳留著它。」

肖像畫啊。我應該把它擺在房間裡嗎？

感覺會被我妹笑很奇怪。

「我昨天太驚訝了，現在冷靜下來才想到我們明明可以直接約在河邊見面。」

「是啊。」

妳驚訝的時間會不會太久了？

搞不好她其實到現在都還在驚訝。我偷偷觀察樽見的側臉，她沒有眼神游移，看起來是相對冷靜一點地在驚訝。這樣說好矛盾。

於是，我們就這麼動身前往在我記憶中的地位沒有大到存在回憶裡的河岸邊。

上一次來是夏天，剛好跟現在是完全相反的季節。至於我們的關係……就不曉得了。

我們的確還是朋友。可是我們之間的某種東西，已經跟過去截然不同。朋友也有分很多種類。明確表示自己不需要朋友的安達用不著面對各式各樣的朋友，就某方面而言是比其他人輕鬆不少。換作是安達，她絕對不會遇到需要像我這樣得走去河邊的狀況。她那樣的處世態度也是有好處。

跟我的處世態度完全不一樣。不過，安達卻想要跟我並肩而行。

真奇妙。

我們路上沒有講多少話。明明約出來是要好好談一談，可是彼此都不怎麼開口。雖然有稍微寒暄幾句，但我已經不記得說過什麼了。說過的話輕輕掠過頭髮表面，接連朝著道路縱身一躍。

我們沒有特地阻止那些會直接消散在汽車聲響當中的話語離開。

冬天的河邊沒有其他人在，這或許沒什麼好意外的。陽光也開始隱約散發出一絲深橘色彩。走在水面附近，可以感受到一陣帶有濕氣，感覺連襪子底下的腳踝都會被沾濕的風。

我踩著步伐，一邊感受鞋底石頭傳來的堅硬觸感，一邊默默跟著樽見前進。

「就選這裡吧。」

樽見從大包包裡拿出摺疊椅，擺在地上。我在後頭愣愣看著她動作俐落地繼續放好其他要用的東西。就算想幫忙，也只有樽見自己才知道她需要什麼。冷空氣侵襲著有些缺乏防寒措施的腳部，讓我身體自然而然地開始左搖右晃。

「好了，請坐請坐。」

樽見用含蓄的笑容要我坐到椅子上。「謝啦謝啦。」我給她一個不知道在謝什麼的回應，乖乖就座。我把書包放在旁邊，但不知道該擺什麼姿勢，便把手放到腳上。

「今天不需要用陽傘遮陽呢。」

樽見的玩笑稍微逗笑了我。

不過，坐在孤伶伶擺在河邊的椅子上，莫名有種與世隔絕的感覺。是因為我很少在沒有屋頂的室外坐著不動嗎？這裡的視野很遼闊，水面反射出的光芒也還相當刺眼。就好像有發光的生物在水裡游泳。我甚至覺得隨時有可能看到社妹從上游漂流過來。

樽見把放在大包包裡的東西幾乎都拿出來，處理開始畫畫前的準備工作。

「妳會不會冷？」

「我倒想問妳會不會冷。」

不過樽見把防寒衣物拿給我穿以後，就只是穿著一般冬裝的女生。應該不會太冷。

「我其實還滿耐寒的。」

「哦～好強喔。」

我沒有仔細考慮這樣誇獎她適不適當，就直接脫口而出。
我的腦海彷彿是被樽見的畫筆搔了癢，刺激出過往的記憶。我以前會把所有顏料隨便擠一些出來，看需要什麼顏色再摻雜著用。曾有人說我這樣很浪費力氣跟顏料。擠出來的顏料也確實每次都會剩下來。可是我不用這種方法，就畫不出東西，所以就算去假設我用其他方法畫圖，也沒有意義。不用某一種方法，就得不到特定的成果。
就像安達對待人生的態度纖細又尖銳，只為了戳中特定的一個人而活。
我想了一段很長的藉口。
我們以前不時會一起畫圖。我常常會畫狗。
如果是現在的我，搞不好畫出來的都不會是活蹦亂跳的狗。
「小樽，妳好會畫畫喔，不對，應該說比以前更會畫了。」
「嗯……」
大概是因為我根本沒有看畫布就誇獎她，樽見的反應有點微妙。她當然不會高興。
我就是這樣才被認為沒有可信度嗎？所以才會連安達都不怎麼相信我。
「她是什麼樣的女生？」
樽見隔著畫架詢問。就算沒有講得很完整，也聽得出來她是要問我什麼。我在稍做思考之後，講出自己的印象。
「她一開始很冷淡。」

「一開始？」

「嗯，只有剛認識的一個月是。」

當時的安達不怎麼表露情感，偶爾會講些玩笑話，還會要我跑腿去買午餐。但其實當時的安達並沒有消失。如果是面對我以外的人，她的態度還是會跟那時候的她一樣。安達的內心在跟我相處的過程中，產生了第二個安達。因為才剛出生，所以很不成熟、很純真，不帶任何虛偽。

而我對那樣的安達——

「現在呢？」

「很像狗。」

「什麼啊？」

她的聲音壓得很低，聽起來也像是覺得傻眼。但是，我也想不到還能怎麼形容安達。很乖或是很漂亮之類的詞又太普遍了。而且會變得很像在炫耀女朋友。

「她是一個看到喜歡的東西就會緊咬不放的女生。」

「女生成分好像有點少耶？」

「所以我才會說她很像狗。」

我想起來我本來就是要來跟她談這件事的。講的內容是這個樣子沒問題嗎？只是來介紹自己的女朋友像狗一樣，感覺會惹出不少誤會。

當我在擔心誤會的問題時，樽見卻說了「原來如此」。

咦，妳都不覺得我在亂說嗎？

「記得小島很喜歡狗吧？」

「嗯，是啊。」

我已經不記得以前跟樽見聊得多深入，又聊了多久。還是小學生的我不會掩飾自己，沒有對他人建立防線，對，就像那傢伙一樣。像那個吃白飯的外星人。

原來我就算很受不了那傢伙，也不忍心棄之不顧，是出於命中註定的緣分嗎？

母親會很疼社妹，說不定也是因為類似的理由。

「汪汪。」

我不曉得該怎麼回應她完全沒有想認真模仿的狗叫聲，最終選擇微笑以對。

是說，總覺得兩個女高中生來河邊享受藝術時光，算是很少見的情景。就算不考慮藝術跟女高中生等要素，也沒有除了我們以外的任何人影出現在河邊。冬天的傍晚時分會醞釀出感傷的氛圍。

雖然氣氛感傷一點應該會比較剛好。

樽見從畫架後面探出身子看向我。她的雙眸焦點停留在我身上。

我在她的視線中看到安達的影子。那跟安達看著我的時候是一樣的眼神。

不是一般畫圖的時候凝視模特兒會有的眼神。

「我現在只知道那個女生很像狗。」
看來這個話題還沒結束。不對，我們今天本來就是約出來談這件事的吧。
我們聊完這些，會有什麼特別的事情發生嗎？
樽見究竟是想要尋找什麼？
「小島跟那個女生……可以用女生形容她嗎？」
「女生？」
「沒有，我只是在想會不會有可能……是大妳好幾歲的大姊姊。」
「哦。」
原來也有跟成熟大姊姊談戀愛這個選項。但我沒有認識成熟的大姊姊。
我想起祖父母他們家。
「……………………………………」
的確沒有。
「她是我同學。」
「是喔……」
浮現在樽見眼裡的究竟是什麼？我們之間有段距離，有點難辨別。
距離。在物理跟非科學兩種方面上，都存在一段距離。
她已經停下拿著畫筆的手了。

「她是什麼樣的女生？」

樽見不斷提出類似的問題。這個疑問似乎一直在她的腦袋裡打轉。她聽到我的答案會做何感想，會拿來跟誰相比，又會找出什麼特別的意義？

「我……我很好奇妳是喜歡她的哪些地方……」

樽見的聲音聽起來像是從下嘴唇的內側直接溢流而出，沒有受到吐出的空氣吹動。

安達是什麼樣的女生？

有點奇怪。長得很漂亮。做事非常拚命。很愛撒嬌。身高算很高。成績意外優秀。個性還滿正直的。嫉妒心很強。付出的愛非常沉重。超級專情。有時候會哭。現在還沒辦法笑得很自然。價值觀大多跟我不一樣。

優點缺點一籮筐。

還有。

她隨時都能成為推動我的那一股助力。

「她總是能帶領我到很遙遠的地方。」

而且，她只會帶著我一個人。

「我很想在她身旁觀察看看……她究竟可以帶領我到什麼時候，又會帶領我到哪裡去。」

如果用很長一段話來形容我對她的愛……大概就是這樣吧。

對安達說得這麼婉轉，她大概只會一臉困擾吧——我差點笑了出來。

我差點就這麼沉浸在跟眼前場面不搭調的情緒當中，另一方面，樽見則是雙眼跟嘴唇都在顫抖。

「這……樣啊……」

「就是這樣。」

「妳聽起來超喜歡她的。」

「咦～沒有啦，還好啦～」

還好啦——我又小聲多講了一次。

「那個，怎麼說……就是，呃……」

樽見的眼睛上方有某種東西在疾速奔馳。但因為她低著頭，還被畫布遮住，又有一段距離，我無法看清楚那是什麼。樽見繼續小聲碎唸，聽起來很像自言自語。

「我能理解小島跟她很恩愛，也過得很開心……」

「樽見？」

「以前跟小島一起出去玩，也頂多就是從車站搭電車到附近而已……」

我還沒問她在說什麼，樽見就先抬起頭。

「妳這次要當我一輩子的朋友喔，小島。」

樽見正在流淚。

是我害她流下了眼淚。

比冬天還要冰冷的某種東西降落在我的頭頂上，穿過頭髮之間的空隙。

會因為維持朋友關係而哭，就表示——

腦袋一片混亂。

難道樽見也是嗎？我本來想問她，喉嚨卻組織不出這句話。

「嗯。」

樽見用言語以外的方式傳達的訊息，化成不多做停歇的風。這陣風跟河邊的冰冷空氣一同吹過我身上的細小空洞，留下輕微的疼痛。我的聲音乾燥到感覺不出任何水分。

這次要當我一輩子的——

朋友。

這是一句漂亮話，也是已經不存在彼此心中的想法。

可是，樽見卻想告訴我這句話。因為她很善良。

換作是安達，她應該死也不會說這種話。

小學時的我們是很要好的朋友會牽著手呼喚彼此的綽號是彼此心目中最要好的朋友會看著彼此的眼睛握住彼此的手會一起吃營養午餐也曾經一起去買東西會覺得心臟跳得很快更是買了一樣吊飾的摯友可是我有點覺得當初在車站叫住她說不定是錯誤的決定。

我心裡浮現「我們為什麼會變成這樣」的平凡疑問，不過——

假如我把真心話說出口，那我們的友誼可能就會瞬間瓦解。

現在的我，應該是喜歡安達多過樽見。

「為什麼會變成這樣」的「為什麼」，一定就只是這樣罷了。

樽見是想聽我說出這個答案嗎？

是因為聽到答案就能心甘情願接受事實，今天才會來跟我見面嗎？

還是她認為有辦法補救，才決定要見我？

有辦法補救？要補救什麼東西？

一道道疑問接連浮現，受到圍巾底下的高溫焚燒。

樽見她搞不好其實在期待……期待情況能有好的發展。但是，她的願望沒有如願發芽，而是靜靜沉眠。我被沖刷到這顆種子的上方，直接往遠方漂流而去。

眼見我跟樽見的友誼即將畫下平淡句點，我還是沒有起身挺直雙腳。

只要站起來吶喊就好了嗎？

這次換在河邊大喊以前的朋友的名字就好了嗎？

只要表達我們仍然是朋友，或是藉由這種方法結束友情就好了嗎？

不過，樽見大概不需要我這樣付出。

因為她就算得到我這份付出，也終究只能到此為止。

我跟樽見大概再也不會單獨見面了。不管我們的友情還存不存在，都一樣。但就算友情沒有完全消逝，又能怎麼樣？我知道這是最後一次機會，也知道樽見想要什麼，知道該怎麼做才能滿足她的願望，可是，我辦不到。
如果要我盡全力為對方著想，那「我們繼續當朋友吧」這個答案，就不是正確答案。應該吧。
我無法給她超乎友情的情感，所以這次是真的只能選擇不採取任何行動。
樽見露出看起來一點也不像很開心的笑容，一邊哭泣，一邊繼續動筆。
就算不想看到這段友情迎向平淡的結局，樽見也一定沒有其他方法可以主動挽救。
我持續觀察她作畫的模樣，好比在一旁觀望無法維持形體的三角形逐漸毀壞。
「我也好希望……自己有資格一起去很遠的地方。」
我感覺有聽見這樣一段細語。
聽起來就像河岸另一頭的喧囂一樣遙遠。
我想不到自己以前有做錯什麼決定，就這麼隨著名為現在的時間洪流前進。
我國中曾經跟人吵架。我曾經用言語傷害別人，讓自己體會到尷尬的滋味。
但對方是我認為很討人厭的傢伙，連陌生人都不如。
所以，這想必是我第一次——弄哭了自己的朋友。

『Dream of Two』

「妳都沒有想做什麼，或是有什麼想實現的夢想嗎？」

「我現在就在做了啊。」

我心血來潮一問，她沒有多想就給了我答案。

沒戴眼鏡的永藤眨了眨眼。

「是喔。」

「嗯。」

話題直接畫下句點。室內的溫熱空氣奪走了我拓展話題的動力。

永藤的家、食物的香氣、還沒收起來的暖爐桌。

就算升上高三，我們的生活依然一成不變。雖然這種生活一如既往的舒適，但也比以前多了一些不時讓人停下來多做思考的事情。

過了一小段時間之後，我再次詢問整個人趴在桌上，看起來很閒的永藤。

「妳都不會多少冒出『不多做些什麼真的好嗎』之類的疑問嗎？」

「原來如此。」

「什麼東西原來如此啦。」

「是原來日野也進到多愁善感的青春期了的原來如此。」

永藤抬起癱在桌上的手臂跟胸部。她一回家就換上舊襯衫，腋下部分都已經出現破洞了。那件衣服記得是好幾年前一起買的。我沒有太多機會可以穿當時買的衣服，現在被摺好好的擺在放衣服的房間。

「才不是青春期的問題，妳想想，我們都高三了，要開始考慮很多事情了不是嗎？」

「原來如此。」

「這傢伙沒救了，居然連續回答兩次原來如此。」

這種狀態的永藤幾乎說什麼都聽不進腦袋裡。

「不、不，我都有在聽啊～來，妳想告訴我怎麼樣的精彩故事呢？」

「我才沒有要說故事好不好……」

我看著把手貼在耳邊的永藤，嘆氣說道：

「我們兩個現在都跟一天到晚在玩耍沒有兩樣，但沒關係，我們還有很多時間。可是等哪天妳開始工作，不能想做什麼就做什麼的時候，我也不能整天都待在這裡了吧？到時候……怎麼說，正常都會開始偶爾在想，到時候要維持原本的生活習慣，會不會很困難之類的吧……」

我的語氣不自覺變得很像在碎碎唸抱怨。因為要是只有我一個人在煩惱這個……不是很讓人滿肚子火嗎？而永藤的反應也一如我的預料，只有短暫表現出思考的樣子，看起來一點也沒在為這種事情心煩。

「就算會有很多問題，但問題歸問題。」

永藤比手畫腳地把想像中那座堆積成山的問題推到一旁。

然後繞過暖爐桌，跑來我身邊。

「把那些全部丟到一邊，就可以看到日野近在眼前。」

永藤說著「圓滿大結局～」，拍了我兩邊肩膀三下。

我腦海裡浮現「真受不了妳」，或是「妳實在是喔」之類的話，本來已經差點脫口而出，卻又逐一消失。

她講的話亂七八糟，弄得我不知道該怎麼反駁她。

明明也不是說想把問題丟一邊就能丟。

「我真的很羨慕妳耶，思維可以夢幻成這樣。」

「就算永藤小姐我再怎麼厲害，聽到妳誇獎得這麼直接也會忍不住害臊啦。」

不行，怎麼挖苦她都沒用。這傢伙根本無敵啊——我放棄挖苦她，不禁笑了出來。

「夢幻永藤……聽起來還不賴。」

「講起來沒有很順口。」

「夢幻大師永藤。」

「妳加字也沒有用。」

「簡稱夢師藤。」

要跟她繼續爭下去也很麻煩，於是我撇頭看往一旁。永藤一直在夢幻來夢幻去的。真受不了她——我聽著永藤碎唸，嘆了口氣。我為什麼會跟這傢伙變成朋友？

為什麼會跟永藤變成朋友？

想把這份想法講出聲，化作言語，我的感情就會像是不想搞得自己滿身大汗一樣，拒絕賦予它形體。

「……那個。」

我依然凝視著一旁，說：

「我就先以十年為目標試試看。」

我想嘗試接下來十年先待在永藤身邊看看。

我打算開始做些能讓自己順利陪在她身邊十年的事情。

但反正十年以後，我一定還會再接著開始下一個十年。

我明明沒有明確表達自己這番話的意思，永藤卻依然展現柔和的笑意。

「妳要好好加油喔。」

「妳也一樣要加油啦。」

畢竟這是我們兩個人要一起努力的事情——我也一樣露出了笑容。

『The Moon Cradle』

我懷著決心踏出第一步，但整理行李依然是件麻煩的事情。

我們決定今晚至少先騰出可以睡覺的空間，蓋上棉被就寢。搬進家裡的床上放滿了從箱子裡拿出來的行李，完全沒有辦法躺上去。我們大概錯就錯在太低估整理行李的難度了，一開始還以為弄到半夜，應該就能處理好大部分。

彷彿野生動物連忙蓋來避難的睡覺空間，存在兩道呼吸。把視線焦點往旁邊移去，就能看見島村安穩地閉著眼睛。我盯著她一小段時間，又重新看向天花板。

接下來的每一天，都可以跟島村一起生活。

一想像我們的未來，就覺得腦袋輕飄飄的，還沒真正體認到這是現實。我們兩個人一起做了很多決定，一起討論，一起搬家，甚至都開始拆箱整理了，我的大腦卻還沒跟上現實。到了一起躺平的現在，我仍然覺得意識跟現實不同調，就好像有一個放空腦袋的自己，跟另一個隔著一段距離觀察現況的自己一樣。就算想讓意識跟現實同步，腦海裡也只有一大片白雲在打轉，沒有化成固定的形體。

明明剛離家的時候還能清楚看見一些腦海裡的景象，卻感覺像是在跟島村同行的路上，一步步走進迷霧裡面。說不定只是因為我對未來的想像充滿了我自己的理想，資訊量大到需要多花點時間消化而已。

我再次看向島村。

接著，島村立刻睜開雙眼醒來。

「妳不睏嗎？」

「咦？」

島村突然跟我說話，還盯著我看，讓我心裡湧上的驚訝變為漣漪，擴散到指尖。

「我看妳眼神好像還很有精神。」

我清醒到很懷疑不是有精神，而是亢奮。身體疲勞到覺得很沉重，意識卻在釋放無謂的光芒。我小聲回應「嗯」，並老實回答：

「我在想很多事情，就睡不著了。」

「嗯……」島村先是眼神游移。

「那，妳把在想的那些事情告訴我吧。」

島村翻身面向我。隨後，就看見一道很有包容力的微笑。

「就聊到妳開始有睡意。」

「……嗯。」

被她用這麼溫柔的態度對待，讓我以為自己就好像是躺在搖籃裡面。

我感到一陣安心，漸漸放鬆全身力氣。換作是以前的我，應該會更緊張一點，看來我也多少習慣了。我們接下來會有更多相處的時間，如果因為習慣成自然，而不再從彼此的互動中得到感動，或許也有些令人感傷。
在心情平靜下來以後，睡魔也逐步現身，但現在我反而需要保持清醒，弄得自己異常忙碌。
「來，告訴我妳都在想什麼吧。」
「呃……」
我摸著下嘴唇，撈起像河中石礫一樣隨波逐流的思緒。
「雖然剛才說想很多事情，但好像也沒那麼多。我第一個想到的，是我以後天天都會跟島村在一起。我想要做什麼的時候，身邊都會有島村陪伴，可以很自然地一起出門，再回到同一個家……咦，我在想的都是同一件事嗎……」
把這些想法說出口，才意外發現它們全像麵線一樣連在一起。
「原來沒有很多。」
我訂正剛才的發言，島村就面露苦笑。
「結果還是老樣子嘛。」
「對。我可能從認識島村以後……就變得老是很難睡著。」
仔細想想，我每次一鑽進被窩，就會在黑暗當中滿腦子想著島村。應該說，連周遭還很亮的時候，也是滿腦子島村。我的腦袋絕大部分都是由島村構成的。明明大部分是島村，我的個性卻跟她截然不同，真不可思議。島村是不是其實不怎麼思考她自己？

「請容我磕頭謝罪呀，安達大人。」

「咦，平……平身？」

島村突然要我用相聲的方式回應，讓我一時變得支支吾吾的。我面對這種情形的應變能力，過了這麼久還是完全沒長進。

我很明顯不擅長搞笑，但是島村意外不會讓我用這一點當不搞笑的藉口。

「是說，虧妳沒怎麼睡，還可以一直那麼有活力耶。」

「會嗎？」

「以我的角度來看的話。」

島村閉上眼睛，看起來像在回想什麼。我在夜晚的包覆下，依然可以看到她肩膀抖了幾下。我很好奇島村在笑什麼，但既然她笑得這麼開心，就不計較了。

眼看話題就這麼結束，讓我也陷入不知所措。怎麼辦？該怎麼辦？雖然趕快睡覺就好，可是——

現在島村眼裡有我的倒影，我實在捨不得入睡。

要找個話題，找話題。我用打結的舌頭拚命尋找下一個話題。

「島村有跟家裡聊什麼嗎？」

「嗯？」

「離家之前。」

「喔喔。」島村視線游移，回想當時。

「算跟平常差不多吧。我那時候腦袋有點遲鈍，但搞不好只是很睏而已。還有——」

「還有？」

「有一隻羊在大口吃高麗菜。」

「那是什麼情況……」

島村笑說別放在心上。就算放在心上，我也完全不覺得自己能搞懂是怎麼回事。會不會是什麼特殊的比喻或形容？我想了一下，最後還是決定放棄思考。

「那安達呢？有說上話嗎？」

我有點納悶她的講法很像在對待小孩子。不過，聽她問的是「有沒有說上話」，就不禁佩服她的著眼點。

「我沒有跟她說什麼。」

「這樣啊。」

我感覺彼此的語氣又回到了高中時期。有時候跟島村講話，會出現這種現象。這種時候都會覺得很懷念，也會有股彷彿清水流過胸口的涼爽竄過全身。這似乎就是回憶在我心目中的觸感。

「好了，換安達開話題了。」

「原來是輪流的嗎……」

我連有沒有乖乖照順序輪流都不知道，但我還是在島村的催促下，開始思考。

「島村在睡著之前會想什麼？」

「我想想～嗯。大概一半。」

「一半？」

島村解釋是半睡半醒的意思之後——

「我在想像接下來安達跟我是不是會一起在這裡住到彼此都變成滿頭白髮的老婆婆，就有種難以言喻的奇怪感覺。」

島村捏起自己的頭髮，直盯著看，像是在確認頭髮的顏色。

「跟安達睡前想的有點像。」

「啊……」

我們的想法彷彿彼此的食指指尖貼在一起，突然連成一線。

受到強烈外力拉扯的線上下擺動，跟我的心靈一同晃動不已。

我們或許就是想要得到這種短短一瞬間的交集，才會擁有語言。

「我們有辦法變成老婆婆嗎？」

「我們終有一日會變成老婆婆的。」

我被島村像歌詞一樣的回應逗笑了一下，接著迎來一段沉默。

這是一段不需要像以往陷入沉默時那樣著急，反而還帶來充實的寂靜。

「我們要長命百歲的話，也差不多該睡了。」
「嗯。」
「晚安。」
島村率先道過晚安，閉上雙眼。我看著她的側臉，會覺得她的嘴唇勾出一道溫柔的弧度，是我下意識美化了自己看到的景象嗎？
一想到說完晚安過後就是近在咫尺的早安，就感覺手腕裡的血液好像變得更燙了。
「晚安。」
我比島村晚了幾步，才閉上眼睛。
還不曉得先進入夢鄉的是我還是島村，意識就在朦朧中融入夜裡。

比把臉埋在枕頭裡的觸感還要柔軟的聲音，緩緩傳進我的耳裡。
「安～達。」
接著，我感覺到肩膀搖晃。眼皮也隨之顫抖，意識逐漸流進眼睛深處。
朝陽銳利劃過眼角，深入眼睛，讓腦袋瞬間打開開關。
我被聲音嚇得跳了起來。
「唔喔耶！」

「妳說什麼？」
島村看到我後退一大段距離，也驚訝得睜大了眼睛。她用逗趣的動作舉起雙手。
「嚇我一跳。」
「呃，我也是被妳嚇了一跳啊。」
我撥開垂到眼睛前面的頭髮，左右張望，才終於理解現況。
我們已經搬到社區大樓住了。
「因為島村叫我起床……」
害我嚇了一跳。驚訝到連話都只講出一半。
「唔，我叫妳起床有什麼好驚訝的嗎？」
「因為妳比我早起。」
「啊，驚訝的點果然是早起嗎？」
島村立刻露出笑容，揚起的嘴角似乎帶著一絲喜悅。
「可能是因為我有點高興過頭了。」
她簡短說完這番話，就離開寢室。我聽到房間外面傳來「來吃飯吧～」的呼喚。
我聽著她的聲音，愣在原地。
島村說自己高興過頭。
是為了什麼事情高興？

看看眼前這個房間，就會發現這個疑問根本沒有意義。

我跟床上一隻島村帶來的玩偶四目相交。

「哈嘿！」

我不小心發出好像在途中嗆到的奇怪笑聲。

我沒有換衣服，直接前往客廳。接著坐到先就座的島村對面，壓著翹起的頭髮，腦袋裡模糊浮現「新生活」這幾個字。

明明已經醒了，卻好像一直處在夢境裡。

島村跟我以前夢想中的她一樣，眼睛看著我，嘴上露出微笑。

「來，給妳。」

我收下島村遞給我的三明治跟盒裝牛奶，插上吸管。宛如直接把冰箱溫度帶出來的液體替我冷卻了身體，至此，讓我誤以為在作夢的迷霧才終於開始散去。

「等安頓下來以後，也要自己來做早餐了。」

「嗯。」

「每天都要自己做，感覺會很累啊～」

島村馬上就很開心地說起洩氣話。我想起跟島村媽媽講的那通電話。總之，今天應該不需要踢島村的屁股。

至於整理搬家行李的進度，當然還是維持昨晚的狀態。早餐也是附近買來的三明治，那是昨天從車站來這裡的途中順路買的，就算放了一個晚上，麵包部分吃起來也還是很有水分，口感很好。就是一塊麵包。我撕成小塊，放進嘴裡。

「這間店的麵包很好吃對吧。」

「咦，嗯。」

「妳覺得普通啊。」

看到島村對我平淡的反應露出苦笑，我又連忙改口：

「好……好好吃喔。」

「不，妳也不需要勉強自己配合我啦。」

「我是真的覺得好吃，只是……呃，我省略了是哪裡好吃的詳細說明而已。」

說嫌麻煩會不好聽，所以我特地避開了這個講法。雖然我應該就是覺得麻煩沒錯。

但島村好像有清楚感覺到我藏在話中的真正想法，又笑了出來。

「安達真的對吃的很沒興趣呢。」

「我才沒有……不對，我自己也有點這麼覺得。」

像是吃討厭的食物的時候……我討厭吃的食物是什麼？

「不過，畢竟也有人只對吃的有興趣，我猜這個世界就是靠這種方式保持均衡的吧。」

島村拿下三明治上突出的番茄，對自己得出的結論表示認同。均衡。應該算是平均型人種的島村，跟一點也沒有均衡可言的我。我跟島村的關係是均衡的嗎？

……不對，一定就是因為夠均衡，我們才會同住一個屋簷下。希望我的推測是對的。

「原來是因為對吃沒有興趣啊，我懂了。」

說著「嗯、嗯」的島村自顧自地理解了什麼事情，我想跟上她的腳步。

「什麼意思？」

「安達高中的時候不是在中菜館打工嗎？」

「嗯……」

「我在想，妳對吃的沒興趣，所以不會偷吃店裡的東西，就很剛好。」

妳太適合這個工作了——聽島村的語氣很像是真的大受感動，就讓我更吃不出本來就已經沒怎麼認真品嚐味道的三明治，吃起來是什麼味道了。

「島村有時候真的很不可思議。」

「什麼？」

我們吃完早餐，刷完牙，就要馬上繼續整理行李——我本來以為會是這樣。

「好，那就休息到有心情再來吧。」

因為沙發還沒擺好而直接坐在地上的島村伸直雙腳說道。我只有心想「這樣啊」，沒有反對她的提議，也跟著抱腿坐在她旁邊，隨後島村突然拍打我的肩膀。

「不行啦，安達，妳要在我打算偷懶的時候阻止我啊。」

「咦？」

「我會直接休息到睡著喔。」

這樣啊——我再次這麼心想。

「不……不可以這樣啦～」

「好吧～」

島村立刻站起身，做出假裝捲起袖子的動作。

這段很多此一舉的對話有什麼意義嗎？雖然腦袋裡冒出很多疑問，但可能是因為還滿有趣的，心情也雀躍了起來。

我們在應該也不算大的房間裡四處奔走，把我跟島村的新巢逐步整理成它該有的模樣。彼此的行李東移西挪，不時會碰在一起。感覺到我的身體開始熱到出汗，連從開著的窗戶吹進來的風都不足以降溫的時候，就覺得很像以前在體育館的那段時光。我盯著白色的牆壁，感慨體育館就是我認識島村的起點，最終來到了現在。

「喔，安達已經要休息了嗎？」

抱著衣物的島村從我背後走過。「還……還早呢。」島村在我表明還有勞動意願的時候走往寢室，然後一回來就用很敷衍的「妳好棒喔～」誇獎我。

「不過我要休息了。」

只見兩手空空的島村一步步靠近沙發，然後跟海豹玩偶躺在我們一起挑的藍色沙發上，心不在焉地看著還沒打開的電視螢幕。她為了方便整理東西而綁起來的頭髮開始鬆開，垂在臉上。
我站著思考該不該休息。房間現在還處在很像積木組到一半就被丟在一邊的狀態。
島村把海豹的絨毛摸回整齊的樣子，朝著天花板說道。
「我在想啊。」
「怎麼了嗎？」
「搬家要整理東西真的很麻煩。」
「……嗯。嗯？」
「所以，我很希望以後不會太常搬家。」
島村再接著說一句「我剛才在想的就這些」，迅速結束話題。她把海豹放在肚子上，手抓著腳底，縮起身體。她保持這樣的姿勢，直直盯著我看。
「是啊……？」
我一半同意她的想法，一半等著她是不是還有要繼續說什麼。島村大動作撇開了視線。
隨後說著「討厭啦～」，把玩偶放在臉上。
「安達，妳可以不要這麼欺負人嗎？」
「咦？」
我完全摸不著頭緒。
一定要我解釋嗎？我一定要全部講清楚才行嗎？——島村這段聲音聽起來悶悶的。

我覺得自己也快忍不住像海豹一樣發出「喔？喔？」的聲音了。

「我的意思是啊……」

「嗯。」

「我希望我們可以在這裡住很久，不需要搬家。」

島村在海豹後面若隱若現的嘴唇，彎成有些笨拙的弧線。

感覺好像有溫熱的水慢慢從底下愈淹愈高，再滲進我的身體裡。

等我終於了解她說的意思，肩膀跟臉頰也因為太過用力而變得僵硬。

「是……是啊！」

「就這樣。」

島村感覺很自暴自棄地發出「哈哈哈」的笑聲，打算帶過這個話題。我快速走到島村面前坐下來。「喔喔？」島村被我迅速的動作嚇到坐了起來。

海豹跟島村的四隻眼睛全看著我。不對，海豹不用算也沒關係。

我們以後都一直會是兩個人獨處嗎？

某個原本只是一點一滴緩慢接近的東西，忽然一口氣把我包覆住。

「還……還請妳多多指教。」

我順勢低下頭來。島村把海豹玩偶放在旁邊，恢復端正坐姿。

「我也會請妳指教很多事情，妳就先做好心理準備吧。」

看到島村用孩子氣的燦爛笑容俯視著我，就感覺我心裡的開關被打開了。一股熾熱點燃了身體各處，過多的熱氣想尋找能夠散熱的位置，燃燒著我的臉頰跟耳朵。

這下子，我大概會徹底完成她給我的每一項要求吧。

島村的願望就像是一種祈禱或神諭……像是來自比我高一個次元的世界。

「那，就馬上麻煩妳幫我拿杯茶過來吧。」

「好！」

一聽到雙手交叉抱在胸前的島村下令，我就立刻站起來跑向目的地。

「喂～我開玩笑的啦～」

我知道是玩笑話。但我還是跑了一趟。

或許是因為在島村面前的我從剛才開始就一直很像一隻狗，才會下意識想掩飾自己的難為情。

不會離開這裡回去哪個地方的感覺，意外地到現在還是有點讓我不敢置信。

我在浴缸裡盯著因為撥弄著水而沾滿水的手臂，心裡被噴發的感情翻攪得很不平靜。感覺零的位置被慢慢往上抬，偏離原本的地方……像是還沒處理好一些細微的修正。希望跟焦急兩種感情泉湧而出，讓心靈不斷微微晃動。

從今天開始，島村就是我的歸所。
我眼前的熱水，也是島村剛泡過的洗澡水。
「啊啊……」
不能顧著陶醉。
我決定在泡到熱暈之前離開浴缸。
我在換好衣服，用毛巾包住頭髮之後前往客廳，卻沒看到島村。不過，我有聽到聲響。我在聲音的引導之下，發現島村正在看著打開的寢室衣櫃裡面。我好奇地走到她身後，才知道她手上拿著我那件藍色旗袍。島村說著「哦～哦～」摸起現在沒有穿在我身上的旗袍，她摸著布料的動作不知道為什麼讓我覺得很害臊。
「怎……怎麼了嗎？」
「我在感受青春。」
「嗯……」
這麼說來，這件旗袍或許真的充滿了青春的回憶。我曾穿著它在路上走，還有丟迴力鏢……之類的。我穿著它做過很多事情。的確是一件充滿回憶的衣服。
雖然店長說要趁還能穿的時候多穿幾次，可是旗袍很難當成便服來穿。
島村對我從頭到腳打量一番以後，提出了一個主意。
「妳好久沒穿了，下次有機會要不要穿穿看？」

「咦！」

「不對，我每年聖誕節都會看到妳穿，也不算很久。」

「是……是啊。」

到底為什麼會變成每年必穿的衣服？雖然說了為什麼，但挑旗袍來穿的就是我自己。我還記得第一次決定穿旗袍赴約那天的心境，只是我想不起來為什麼。就算記得結果，過程也已經變得非常模糊。而且第二年以後的詳細過程比第一年更不清楚。

「呃，那個……要不要偶爾換島村穿穿看？」

我拉著她的袖子隨口問問，島村就「嗯」的一聲，擺出很認真在沉思的樣子。「嗯～？」她的眼神會往上飄，說不定是因為在想像穿著旗袍的自己。我也學島村在腦海裡幫她換上旗袍……只有我覺得她比較適合穿其他顏色的旗袍嗎？我認為島村要用再稍微暖一點的顏色襯托才好看。

「說到旗袍，就一定會想到安達。」

「嗯？」

「我覺得消除這種固定印象不太好，嗯。」

說完，島村就關上衣櫃，往沙發走去。

我不太懂是什麼意思，算是島村的一種堅持嗎？

島村在我弄乾頭髮的時候坐到沙發上，伸直雙腳發呆。

「妳很睏嗎？」
「畢竟今天很難不累啊～」
她沒有打呵欠，但眼睛已經瞇起來了。島村這樣很像小孩子，有點可愛。
「不過，我們已經努力整理好大部分行李了，明天會比較輕鬆～」
島村句尾的發音也有稍微變長，整個人變得軟趴趴的。好可愛。
我從來沒看過島村不可愛的時候。
「那我們差不多該睡了。」
「嗯。」
我們關掉客廳的燈，一起快步走向寢室。花了一整天整理的房間不像昨天那麼亂，已經可以正常躺在床上。房間裡有一張大床。我們兩個會一起睡在這張床上。兩個人一起睡——我感覺伸直的指尖在發麻。昏暗的寢室，讓我眼底一陣暈眩。
島村已經是半閉著眼睛的狀態，完全看不出任何緊張。
占據床上一晚的海豹玩偶被放在角落的小桌子上，凝視著我們兩個。海豹的長相有點傻呼呼的，不曉得有沒有名字？而海豹的旁邊，還擺著小熊吊飾。那是以前島村掛在書包上的吊飾。只有小熊吊飾是擺在海豹旁邊陪它，不知是不是島村對那個吊飾有什麼特別的感情？
先上床的島村調整著枕頭的位置。
「妳其實也不需要配合我的睡覺時間啦。」

島村很體貼地對湊到她身邊的我說不需要顧慮她。應該是出於體貼。

「可是島村睡著的話，我也沒別的事好做。」

「說的也是。」

轉身把頭靠上枕頭的島村說了聲「嗯」，對枕頭很滿意。

「原諒我這個愛睡豬吧。」

「咦，我不介意……呃，我……我允許妳睡。」

「謝啦～」

我得到了一個很隨便的道謝。島村用棉被包裹住自己，徹底做好入睡的準備。我也跟她一樣鑽進被窩，但其實我還沒有睡意，手腳也很燙。

我把腳伸出棉被，改變頭靠著枕頭的位置。

「明天要去買東西才行。我們來把冰箱塞滿滿吧。」

我用「嗯」附和島村訂立的明天行程。

光是這樣，就能體認到我們是真的住在一起生活，讓腦袋變得輕飄飄的。

我感覺好不容易弄乾的頭髮表層，又冒出了發燙的物體。

島村在完全閉上眼之前看向我。

「晚安。」

「晚安。」

她柔和的語調，彷彿在搔弄著我的手心。

我在呼吸的同時，也能聽見島村細微的吐氣聲摻雜其中。我忍不住睜著眼睛，看往自己身旁。島村躺在床上，一動也不動。她有幾根頭髮垂在耳朵上，不知道為什麼只是看著髮絲隨著頭部微小的動作滑下，就覺得胸口揪得很緊。

「我現在還覺得好像只是特地約好過節一樣。」

我小聲這麼說，但島村沒有反應。她好像已經睡著了，只看見她的肩膀隨著細微的呼吸晃動。島村以前說自己進被窩大多只要五分鐘就會睡著，不過她好像有多少講得謙虛一點，實際上連三分鐘都不到。跟一直以來總是在黑暗中想島村想到常常睡眠不足的我呈現很大的對比。不知道島村在睡著之前是想些什麼？

如果是抱著明天跟我一起出門的想像入睡就好了。

我也來睡吧。我捏了捏僵硬的肩膀，緩緩伸展手臂，吐出一口氣。

島村就在身邊，卻沒有發生什麼特別的事情就直接睡覺，其實有一點可惜。

不過，等明天再來就好。我這麼心想，轉身朝向天花板。

不只明天，後天也有機會。我今後的每一天，都會有島村相伴。

「安達導航，告訴我超市的位置。」

「呃，繼續往前直走。」

「好乖好乖。」

島村的回應直直奔往會讓人心情愉快的感官。

我們曾在事前勘查跟簽約的時候走過這裡，但開始在這裡生活以後，是第一次來鎮上逛。基於我們的工作地點跟通勤距離選的這個地方，建築物在整體上比我們家鄉的高一點。

不曉得是不是因為附近有大學，感覺往來的人都很年輕。我們兩個一起走在有高低起伏的緩坡路上。現在跟高中放學的時候不一樣，不用在途中道別。

我跟島村自然地牽著彼此的手，手中傳來的溫度帶來的不只是春天甚至有初夏的感覺。

從我們的家鄉坐電車到這裡需要一個半小時。雖然不算很遠的距離，但我們不會在這裡聽見父母的聲音，也絕對遇不到認識的人。可以大大方方跟島村走在一起，跟島村一起回同一個家。

我們的步調一致，絕對不會跟彼此拉開距離。

「安達想買什麼？」

「咦，呃……麵包。」

「麵包。原來如此，這滿重要的。還有嗎？」

「呃，水？」

「我就知道。」

島村的笑容就像是自己的願望實現了。

我的回答明明一點都不有趣，卻好像是島村期待的答案，讓我心情很複雜。

「安達就像是會吃麵包的植物呢。」

「咦？」

島村笑我總是離不開水。我想像一朵花啃著麵包的畫面。

「很恐怖耶。」

「不過，妳這樣還是長得很高耶，真神奇。」

島村把手放到我頭上。我們的身高差距，從我們認識以來就幾乎沒有變過。我的身高比她還要高一點。雖然我自己是一直感覺島村比我還要高大。

「這——」

我講到一半，就覺得喉嚨一陣疼痛。

「這這這。」

島村語氣輕鬆地催促我繼續講下去。她明明沒有碰到我，我卻有種她在摸我臉頰跟下巴的錯覺，導致我的左肩微微往上抬，搖晃的髮絲稍稍遮住視線。隨後——

「這或許是……託我……媽媽的福。」

我的聲音很僵硬，就像小孩子不好意思說真心話，變得支支吾吾。

她人明明不在這裡，我卻下意識撇開視線。我帶著撇向一旁的視線繼續走，過一段時間後，我才看向島村，跟她四目相交。

「這樣啊。」

島村仰望著我，瞇細了雙眼，看起來甚至顯得有些自豪。

我們聊著聊著，來到超市購買目前需要的食物。我只是單純跟著島村走，把商品接連放進籃子裡而已。不過，島村看著色彩繽紛的水果跟蔬菜的時候好像很開心，還顯得有一點孩子氣，我光是看到這樣的島村就夠心滿意足了。

這正是我一心尋求的光景。

我們在回程路上去了一間便利商店，島村拿起一本週刊，在看過封面以後買下了它。我在回家以後問她明明沒有定期買週刊的習慣，為什麼會買？她回答：

「因為我看到封面上有認識的人的名字。」

島村坐在沙發上快速翻閱那本週刊，最後在一面跨頁的報導停下。

我從旁邊看向那一面的內容，但我不認識刊登在上面的人是誰。

「喔，真的上雜誌了耶。」

彩頁上是一個看起來跟高中生差不多年紀的女生。她的衣服肩膀部分有點穿歪了，像是沒有很習慣穿這套衣服，也不知道是不是因為緊張，眼睛睜得很大。明明是靜止圖，卻覺得她暈頭轉向的模樣好像歷歷在目。這個女生身材很嬌小，還用很奇特的髮夾夾住感覺沒有特別剪過的長髮。

髮夾上寫著「實習中」。
「妳認識的女生……」
「女生？啊，嗯。」
島村露出覺得很有趣的笑容。有什麼好笑的嗎？
「她比我想像的還要出名啊……」
看介紹似乎是一個陶藝家。島村在哪裡認識她的？又為什麼會認識她？
「唔……」
「怎麼啦？安達小妹妹。」
島村壓著應該是我不小心噘起的嘴唇，要我冷靜。
「妳在哪裡認識她的？」
她應該沒有什麼機會認識這麼年輕的女生。正當我對不熟悉的島村懷抱起危機意識時，島村眨了眨眼，說「在哪裡認識的？就在我老家附近」。她接著才像是察覺我這麼問的意圖，說了一聲「喔喔」，捏住我噘起的嘴唇。我被嚇了一跳，彷彿被同時壓住心臟跟肩膀。
「該怎麼辦呢～妳一定誤會了，但讓妳繼續誤會下去也滿好玩的。」
什麼誤會？我想這樣問她，可是我張不開嘴唇，沒辦法正常發音。
她這個舉動雖然很像單純在捉弄我，力道卻意外強勁。
「總之，妳就先那個，先息怒吧。」

我就算想回應滿面笑容的島村，也因為嘴唇張不開而無法回答。我開始覺得呼吸困難了。

「嗯～嗯～」

似乎一直到我用眼神跟聲音抗議，島村才終於發現自己在做什麼，說「啊，對喔」。我的嘴唇脫離了束縛。之後，我因為島村直盯著我的臉看，差點被她的視線逼得往後退開。就在我在猜她為什麼要看著我的時候——

「我也習慣安達戴眼鏡的模樣了。」

喔喔——我摸了摸眼鏡的鏡框。不知道從什麼時候開始，我在家裡看東西都會戴上眼鏡。這副眼鏡的鏡框是藍色的。會選這個顏色，是因為占卜師說我的幸運色是藍色。總覺得每次去占卜都會提到藍色。

島村拿下我的眼鏡，戴到自己臉上。她用手指抬了幾下眼鏡，像是在詢問我的感想。

「很好看。」

「妳變得很會說客套話了嘛，安達。」

島村笑著把眼鏡還給我。我接過眼鏡收進眼鏡盒裡，島村也把雜誌合上。

「我們下星期也要開始去工作了呢。」

伸直雙腳的島村用充滿感慨的語氣說道，隨後，又緩緩嘆了口氣。

「工作。」

「咦，嗯。」

「雖然有到很多地方打工過，但正職工作又會比打工更累人嗎……唔唔唔。」

島村在上大學的期間也有打工。我也有到處接工作，賺來的錢跟高中的存款就成了我們展開新生活的基礎。以前的我完全不知道該把錢用在哪裡。

當年沒有多想什麼就開始的那段打工生活，在漫長的時間後得到了它存在的意義。看來未來改變過去這種事情雖然矛盾，卻也不是不可能發生。

「安達的薪水好像比較好，我期待妳的表現喔。」

島村拍拍我的肩膀。我跟島村在不同的地方工作。想在同一個地方上班意外不是一件簡單的事情，尤其我們如果待在同一個職場，我大概會完全沒有工作效率可言吧。

「我們賺多一點錢，然後，呃——」

「出國旅遊。」

「對，沒錯。」

島村的眼神有如看到會發光的石頭，瞬間變得燦爛無比。我猜我大概也跟她一樣。

我們擁有相同的夢想。

這是一個能讓我明確感受到自己跟島村心意相通的寶貴願望。

「安達幾乎整體來說都比我還要優秀呢。」

「咦，才沒有。」

才沒這回事。我搖搖頭，也揮手表達否定。我完全想不到自己有哪裡比島村優秀，真的。

我在島村面前總是很沒用，也很不可靠、軟弱。不論是以前還是未來，我都會很受不了自己這種德性。

「妳在學校的成績也比我好，還長得很漂亮。」

島村說著「好羨慕妳啊～」，手指在我的鼻子前面畫起圈圈。先不論成績——

「島村絕對比我還要漂亮。」

「呵呵，這可不好說喔。」

「真的啦，真的。」

我忍不住想要站起身，差點害我們的額頭相撞。在這麼近的距離下，島村還是一樣很漂亮。我趕在臉開始發燙之前，順勢說：

「因為島村在我心目中，是這世界上最漂亮的人。」

「……唔。」

島村表情僵硬地微微點頭。她難道是覺得害臊嗎？好難得。

「算了，反正被稱讚很漂亮也不是壞事。」

島村一邊說「小美女～」，一邊撥起頭髮。接著，她不知道在想什麼，開始凝視我的眼睛。她靠近到會擦到我的臉頰兩三次，視野中央出現一道不斷擴大的光圈。

至於緊接著發生的事情——

「喔噫！」

她舔了我的鼻尖，這個出乎意料的動作害我嚇了一大跳。島村像是在試味道般，帶著游移的眼神細細品味舌頭上的味道。

「有化妝品的味道。」

「當……當然會有化妝品的味道啊～」

我的鼻尖敏銳感受到風的溫度。島村的唾液成了我跟風之間的溝通橋梁。島村似乎看著我的鼻尖，開心笑到連肩膀都跟著上下晃動。既然她在笑，那被舔個鼻子也算不了什麼。可是怎麼會想要舔鼻子？

她放在腳上的手指猶如在敲打鋼琴的琴鍵，接連彈起。

依然面帶笑容的島村像是在享受餘韻，微微擺動身體。這時，島村忽然緩緩回頭一看。我也跟著往她看的方向看過去，但我只看到半開的門後面的一小部分玄關。

「有什麼東西嗎？」

「沒有……只是以前會有小傢伙在家到處跑……雖然我妹也長很大了，但畢竟我也跟她們那些小朋友住在一起很長一段時間。就覺得會從其他房間跑過來的腳步聲變少了。」

我沒有忽略島村話中摻雜著比平時低沉的語氣。島村總是心平氣和，又不怎麼讓人察覺到她的真心想法，現在我能感覺到她的細微變化，一定是這幾年累積下來的成果。我有很長一段時間都是過著忽視他人情緒的生活，說不定一輩子都無法鍛鍊到跟一般人一樣敏銳。

島村的妹妹。她會恨我嗎？如果我是她，一定會很討厭我。

不對，就算打一開始就討厭我也不奇怪。

雖然提議一起住的人是我，島村也同意了，可是，會不會其實——我看向她的臉。

「妳會寂寞嗎？」

「也不至於……不對，應該多少有點寂寞吧，嗯。」

島村收回講到一半的否定話語，微笑著承認的確有感到寂寞。

「……就算有我在，也會寂寞嗎？」

我知道島村聽到我這麼問以後會有點傷腦筋，但我還是忍不住這麼問。

「對，有安達陪我，還是一樣會寂寞。」

島村沒有多加掩飾，老實說出真正的感受。

「因為安達不是我的家人，在我心裡占的位置不太一樣。」

島村敲著自己的胸口中央，像在示意心靈所在的位置。我也不禁看往島村的胸部。

我沒有特別的意思。

「我的心有很多缺口，填滿這些缺口的有安達，和我的家人，還有狗跟奇怪的生物……

我大概需要很多能填補缺口的人吧，因為我很貪心。」

島村彎起手指數數。我看著她手指的動作，暗自只豎起一根食指。

我只要能跟島村在一起就好，不需要其他人。

有如剖成一半的蘋果剖面。

可是島村跟我不一樣。她的心上有很多細小的缺口跟傷口。

那或許就好比月球凹凸不平的表面。

「安達不想當我的家人吧？」

我先稍做思考，才開口肯定。

「我想當島村心裡最重要的那個人。」

「哈哈哈，這點倒是不會變啦。」

島村聽起來像是覺得很懷念，笑聲感覺也比平時多了點稚嫩。

隔了一小段空檔後，島村往我喉嚨底下一點的地方輕壓了一下。

「安達現在一樣是我最看重的那個人。」

島村輕而易舉地，就成功止住我的呼吸。

藉由手指、嘴巴、氛圍、溫柔、一時心血來潮……大概，還有愛。

「……嗯。」

「反正，我總有一天會習慣這種寂寞的感覺啦。畢竟人的心是很有彈性的。」

不再回頭看往玄關的島村，眼神忽然游移起來。

「嗯……雖然那個小傢伙搞不好過一陣子就會擅自跑過來……」

島村在小聲補充一句話後站起身。她走向冰箱，拿了兩罐罐裝果汁回來。島村在坐下來的同時，把其中一罐拿給我。

「這才剛買回來，沒有很冰就是了。」
我收下罐子摸摸表面，溫度很接近人的體溫。
島村也一樣高舉罐子，露齒一笑。
「我想說來乾杯慶祝一下我們搬來這裡。」
「啊，原來如此。」
我過了一段時間，才理解島村為什麼在超市買了兩罐果汁。
這是桃子果汁，不含碳酸成分。其實我可以喝酒，但我完全不會想喝。因為島村完全喝不了酒。我們同時拉開拉環，慢慢把兩人手上的罐子湊在一起。
「安達要為什麼事情乾杯？」
「為島村乾杯。」
我毫不猶豫說出的這句話，跟島村的靦腆笑容和罐子相碰的聲音在一瞬間重疊。
「好吧，那我就為安達乾杯。」
喝著果汁的島村用聽起來很隨便的語氣慶祝。我是有點在意她的「好吧」是什麼意思，但想到我們都對彼此獻上祝福，就覺得這種小事情無所謂了。我也舉起罐子，喝下一口果汁。
我的舌頭上竄過一陣甜味。
這陣甜味就像夏天往乾燥的道路灑下的水，滲進我的感官之中。
「好喝嗎？」

「好甜。」

我的感想明明很普通，島村卻不知道為什麼突然大笑起來。

「妳為什麼在笑？」

「因為我覺得很不可思議。」

嗯……嗯？我看著罐子。的確是桃子果汁。喝起來絕對會是甜的。

「看安達明明情感很豐富，卻真的對食物的味道完全沒有興趣，就覺得很好笑。」

「我不是沒興趣……不對，可能是真的沒有興趣沒錯。」

「妳的回答是很甜而不是好喝也莫名好笑。」

會嗎？我感到疑惑。我不太懂島村的意思，而且，我也確實對果汁的味道沒什麼興趣。

可是，呃，我很想回嘴一下。怎麼辦？

我想讓島村會多少因為我說的話覺得害臊。我想刺激看看她的心。

「因……因為我只對島村有興趣啊。」

「我知道。」

島村心平氣和地架開我的攻勢。接著，她就把罐子抵在嘴邊，視線直盯著我。我感覺留在舌頭上的甜味變化成不同形體，往上流進眼睛跟耳朵。要是我也把罐子抵在嘴邊喝，那些甜味一定會在不久後噴發出來。

看到我這種反應的島村露出很滿意的笑容。

我到目前為止，都還不曾在我們這種和平的「拌嘴」中拿下一勝。

用果汁乾杯完以後，我就順著島村的拍手引導，躺到她的大腿上。

雖然我對她好像在叫喚大型犬一樣的動作有一點小意見，但也不可能拒絕她。我一躺到沙發上，就格外在意留得比以前還要長的頭髮。

「總覺得……」

「總覺得？」

「島村把我照顧得好無微不至。」

我把臉埋在島村的大腿上，說出這樣的感想。

「明天就換我躺安達的大腿了。」

「嗯……」

島村的味道循著我的脖子接觸到髮梢，甚至讓我誤以為有微小的重量壓在頭髮上，弄得我渾身不太平靜。如果幸福有實際的形體，是不是就會變成這種讓人摸不著頭緒的衝擊？

「好溫暖。」

「因為現在是春天啊。」

「比春天還溫暖。」

好溫暖。感覺像有溫暖的雪直接在血液裡逐漸化開。

「嗯，我好像也覺得很溫暖。」

島村撫摸著我的背部，語氣很柔和。島村也一樣覺得很安心嗎？

激昂的心跳漸漸穩定下來，敲打著固定的節奏。我覺得自己有辦法一輩子只專心放空數著心跳聲。完全不會厭倦，直到永遠。

「永遠」這個概念，就近在我身邊。

島村一直沒有再說話，我猜是她覺得不需要多說什麼，可是我突然想聽聽她的聲音，就喊了她的名字一聲，而我也在抬起頭來之後，得知她為什麼會保持沉默。

「……先睡著了。」

島村依然坐著，頭部不時搖晃。躺在沙發上的我無法幫她撐住頭，只能靜靜看著她。我緊盯著她跟天花板花紋重疊在一起的頭髮，看著看著，意識跟視野就逐漸變得遙遠與模糊。

會這樣的原因不是睡意，而是充實感。

我的心情就像抬頭仰望著一片替我遮住太陽的大片樹葉。

我甚至感覺得到吹來一陣不可能存在，但是溫和，又有包容力的風。

我的身體在舒適的時光中享受著安寧，品嘗著波浪間的平穩永遠。

這樣的時光，將會變成我的日常。

早上起床就能看見島村。要買東西也能跟島村一起去。不論我閉著眼，還是睜開眼，都能看到島村。

我接下來的生活中的每一個角落，都有島村。

她會與我相伴。

「啊啊……」

就說不是顧著陶醉的時候了。

「太棒了……」

我放棄講究詞彙，只是深深地——靜靜感嘆自己的幸福。

「安達要什麼時候睡？」

「咦？什……什麼時候睡都可以。」

晚上，我們坐在一起討論附近的各種設施時，島村忽然向我確認睡覺的時間。

「居然什麼時候都可以啊～」

「嗯……」

「那我們現在就去睡吧！」

島村很有活力地做出這番宣言，手舞足蹈地走往寢室。

有必要先問我什麼時候睡嗎？

明明中午也睡了滿久的。我雖然這麼想，卻也跟著她走去。

「啊，妳果然還是跟我來了。」

原本動作輕快的島村瞬間暫停動作。
「因為我沒有其他……」
「事情好做是嗎？」
「我應該至少……還有陪著島村這件事可以做。」
這件事必須擺在第一順位。「嗯、嗯。」島村隨便地點了點頭。
「畢竟我們開始工作以後，搞不好一起睡的機會也會變少嘛。」
沒錯。正式開始工作以後，能跟島村在一起的時間理所當然也會變少。既然這樣，就要趁能自由活動的時候，做些當下做得到的事情。我也是基於這種理由，才會一直跟在島村後面走，並不是我很像一隻黏著主人的小笨狗……絕對不是。
今晚的島村不像昨晚那麼睏，是在很清醒的狀態鑽進被窩，所以又有跟昨晚不一樣的緊張感。我在緊張什麼？想是這麼想，但我的中指附近還是變得很僵硬。感覺一個不小心就會右手右腳同時往前。可是我那樣走路感覺還比較穩，說來好像也有點奇怪。
「啊，我去一下廁所。」
島村突然改變目的地，前往玄關旁邊的廁所。被留下的我獨自前往寢室，邊徘徊邊思考該在哪裡等她，而最後還是決定跪坐著等。
不知道是不是跟慣用手有關，我自然而然就變成是睡在床的右側。以這個房間來說，是靠窗的那一側。我看往被窗簾遮住的窗戶，想像窗外的夜景。有幾道腳程快速的光芒，正快步前往遠方。
「妳為什麼要坐得這麼端正？」
回來房間的島村表示疑問。
「沒……沒為什麼。」
「妳可以下意識坐得這麼端正，真是個值得嘉許的小孩子呀。」
故意用老婆婆語氣說話的島村一樣用端正的坐姿跪坐到床上。我們就這麼端坐在床上面對面，讓我想起很多……對，真的是很多很多的回憶，同時也有一些想像浮現腦海，害我頭昏眼花。我發燙的耳朵擅自講起像在狡辯的「才沒有」。是我的耳朵講的。
「請……請妳多多指教！」
我想起自己忘記為接下來要一起生活打聲招呼，又跟其他事情混在一起，最後變得太過正經。島村也愣住了。
「我才要請妳多多指教。」
島村有些尷尬地掀起被子。她緩緩把腳伸進被子裡，感覺在刻意保持距離。
「我這話沒有特別的意思。」
「真的咩？」
連島村的語調都變得有點奇怪。我用盡全部心力，才小聲回答「真的」。
「喔，我忘記了。」

島村發現沒有關燈，連忙離開床上，彎著腰跑到一旁。

「我要關燈了喔。」

「嗯。」

啪——關燈的聲音響起，夜晚也隨之降臨。

我聽到島村「噠噠噠噠」的奔跑聲。她再次回到被窩，把頭靠上枕頭，而我也凝視著她開心的神情。

「島村要睡覺的時候，都會看起來很幸福耶。」

「是嗎？我沒有面對鏡子睡覺過，不知道。」

島村捏起自己的臉，拉動了幾下。「嗯……」她好像對自己睡前的表情摸不著頭緒。

「可是，妳不覺得晚上睡覺的時候會鬆一口氣嗎？心想今天也平安度過一天之類的。」

「我……會想著明天的事情，沒辦法靜下心來。」

我每天都在思考要跟島村一起做什麼，煩惱到心情都會很浮躁。

「明天的事情嗎？明天啊，有洗衣服跟打掃工作等著我們處理喔。」

哈哈哈呵哈——島村平坦的笑聲隨著她的游移眼神出現，又馬上消失。

「還要煮飯，也要買東西，之後還會有工作。生活瞬間多了好多事情要做……也是，我們要努力過好每一天才行。嗯，我們現在就睡覺吧，這樣才有力氣繼續努力。」

島村這番話的語氣聽起來完全沒有想要努力的意思。

我跟島村就這麼四目相交。我們的眼裡持續照出對方的倒影，變得像在比誰會先撇開視線，或是閉上眼睛。島村的眼裡有我，而我的眼裡也有島村。無限映照出彼此的迴圈，最終創造出只存在我跟島村的世界。

「好乖好乖。」

島村摸起我的頭。她伸過來的手，遮住了我一半的視野。

「妳怎麼突然摸我的頭？」

「因為妳一直看我，我還以為妳想要我摸頭。」

我鬧起彆扭，短暫噘起嘴唇，但又立刻改變了想法。

「我看妳不是想要妳摸頭，可是我想要妳摸我的頭。」

「妳有時候會講一些很難聽懂的話呢。」

島村說著「太深奧了」的細語聲如水面漣漪般均等擴散開來，相當悅耳。

與夜晚交融的同時，我睡前的時間也逐漸充實。就像在澆水一樣，一點一滴地。

這就是跟島村一起生活的現實。

既讓我開心，又柔軟，總覺得會愈陷愈深。

島村就像一條高級棉被……沒有更有詩意的形容法嗎？

柔軟的……豆腐……海綿……我決定放棄。

回到正題。

「…………」

島村的手還沒有離開我。

我現在跟島村是相連的。

我是個無法跟他人共同生活的人。

我至今遇過的人，大多都對我沒有好感。這大致上是我的問題，因為他人對我感興趣的橋梁不會立刻建立起來，就算建立了，也無法順暢通行，導致大家在艱困的路途中棄我而去。而我也不會特地追回離開的人，只是有氣無力地繼續走下去。一切都是我不好。我這個缺點，一定一輩子都改不過來。

因為，我的夢想已經成真了。

我是個無法跟他人共同生活的人。

我是個只能跟島村一起生活的人。

這樣的特性與我的願望、期望、未來跟慾望，還有發自細胞的喜悅全數一致。

我的處世態度先形成，之後島村的存在才滿足了一切條件。

只能跟島村一起生活的我喜歡島村，島村也接受了我的心意，才會有現在。

我認為自己真的太幸運了。

「島村。」

「怎麼了？」

我愛——

「我愛妳。」

我在彷彿全身血液逆流的感受之下，輕聲低語。

島村先是睜大了眼睛，才在臉上浮現開心的色彩。

「哈哈！」

然後開開心心地大力弄亂我的頭髮。

一天就這麼在名為島村的搖籃中結束。

我把手輕輕放上自己的腳，感謝它抵達了這份幸福。

『Stay of Hope』

我一回到家，就看到媽媽躺在一隻大松鼠的腿上。
「這是怎樣！」
「嗯？喔，妳回來啦。真的來了。」
「呵呵呵。」
仔細一看，才發現那是穿著松鼠布偶裝的小社。松鼠的尾巴莫名大條。
感覺布偶裝的種類一天比一天還要多。
小社「唰唰唰」地不斷撥弄媽媽的頭髮。
媽媽躺著指向小社。
「我找了些事情給這傢伙試試看，發現她至少會幫人拔白頭髮跟擺盤子。」
「真是世紀大發現。」
小社看起來很得意。她的瀏海看起來像是代替鼻子挺得高高的。
「尤其拔白頭髮特別厲害，拔得很順手。」
「這是因為我可以調整手指的長度跟粗度。」
「哦～妳還真有一套耶～」
雖然媽媽回應得跟平常一樣隨便，但小社剛才是不是講了什麼很不得了的事情？媽媽被

小社俐落拔掉的白頭髮，在小社的指縫間飛舞。

「幾乎都拔掉了。」

「怎麼會是幾乎啊？」

「如果全部拔掉，不就沒有下次了嗎？」

「反正很快又會長出來啦。嘖！」

「哎呀，原來如此。那麼，就全部拔掉吧。」

唰唰唰——小社用像在摸頭的動作去除白髮。

「嗯，辛苦了。」

「媽咪小姐，我可以拿說好要給我的東西了嗎？」

媽媽抓起某個東西，說著「來～」拿到小社嘴邊。然後她就張口吃掉。

「好吃好吃。」

「那是什麼？」

「牛奶糖。」

媽媽坐起來以後，也拿了一顆牛奶糖給我。「好吃好吃。」我不禁模仿起小社。

牛奶糖裡面還有一點杏仁的味道。

「小同學也來躺吧。」

小社拍了拍空著的腳，笑得很燦爛。小社把腳伸直，她的腳趾甲跟頭髮一樣帶有獨特的水藍色光澤。總覺得用手去碰，很可能整個人都會融進那道光輝當中，有時候會讓我心情靜不下來。

「可是我沒有白頭髮。」

「不要說這麼讓人羨慕的話。」

媽媽不知道為什麼突然隔著帽子鑽起我的頭。

「怎樣啦～」

「年輕真好啊，有沒有人可以分我一點。」

媽媽最後輕輕拍拍我的頭，就離開了。

小孩子好像不會有白頭髮。我半放空地回想起爺爺跟奶奶就整頭都是白頭髮。原來頭髮也會變老嗎？不知道姊姊有多少白頭髮？

「請　妳　快　一　點　過　來。」

小社用平板的語氣催我過去，聽起來很像特地到電風扇前面講的話。

要過去嗎？我吞下牛奶糖，想了一下。

我的心跟意識逐漸聚焦在她的指尖上。

「好吧，反正機會難得。」

「別客氣別客氣～」

我放下剛跟著我從小學回來的雙背帶硬式書包跟帽子，在小社的腳邊躺下來。躺在大松鼠旁邊好像童話故事裡面的場景。有小社待在旁邊，就會覺得有點涼涼的。她全年不變的冰涼溫度跟冬天的冷空氣不一樣，有種很神奇的舒適感。

一抬頭，就能看見小社發出的光芒。

不管是什麼時候看到，都會覺得有點感傷。那道光芒很美，還散發著清澈的水藍色。

那些光芒化成細小的顆粒，緩緩灑落在我身上。

因為俯視著我而多了一層陰影的小社發出「哼哼哼」的開心笑聲。啊。我發現她在想什麼了。

我最近看出她的笑法也有分種類了。

她現在的笑容，是在期待有點心吃的笑容。

「我先說，我沒有牛奶糖可以給妳。」

「太失望了～」

小社非常明顯地表達出失望的心情。小社的反應總是很坦率，也簡單明瞭。

卻又充滿謎團，是個很矛盾的人。

「呵呵呵，我開玩笑的。好吧，這次就免費幫妳服務。」

「哇～」

不過，我不會很快就再來光顧喔，小社。哼哼哼。

「那，白頭髮……」

「哇！」

小社的手指在我的頭髮之間快速流竄。比理髮店還要粗魯很多。

「沒有白頭髮。」

「我就說小孩子沒有嘛～」

「真可惜。」

小社突然眼神游移，接著像是想到了什麼好主意，變得閃閃發亮。就像真正的星星一樣，散發著光芒。

她的眼睛有一種獨特的色調，彷彿反射出一大片銀河的倒影。

我這一生絕對沒辦法在任何地方，找到比小社眼睛還要漂亮的東西。

「那麼，等小同學長大，就讓我來幫妳拔白頭髮吧。」

「嗯，哼哼，我就期待妳到時候來幫我拔吧。」

一想到我長大以後，小社也一樣會在身邊，聲音就搶在我的想法之前先溜了出口。

小社的頭後面那條大松鼠尾巴，也開心地晃了一下。

『Cherry Blossoms for the Two of Us』

先假設明年也會。

「明年也會。」

我的細語在腦海裡畫出一道拋物線。掉到地上的時候，有種踩到小石頭的感覺。

每年都要想新點子，不會很累嗎？我說的是情輪節。如果以後每年都要做些特別的事情，我很怕第四年左右就想不出新的點子了。安達應該每年都會想一堆點子搞得自己頭昏眼花的倒是還好，但我腦袋裡沒有那麼多靈感。我在被窩裡這麼心想。

近在眼前的睡意明亮得有如黎明時分。這種情況會跟像沒入黑暗裡的時候不一樣，醒來以後可以很快清醒。我在純白的光輝中閉上眼睛，在不知不覺之間來到早晨。

最近常常這樣入睡，似乎代表我現在正好處在還不錯的作息循環。我知道會有這種感覺是出於什麼原因，但還是故意裝作不知道，輕輕笑了一聲。

然後……剛才是在想什麼？對、對，情輪節。如果要讓過情輪節變成長久的習慣，很普通地送個巧克力是不是滿有效率的？而且今年不能用ＬＥＤ看板。要是第一次太用心準備，下一次要維持差不多的品質就很麻煩。

「唔——」

跟我妹一起睡在隔壁被窩裡的那傢伙，很若無其事地在發光。本來房間關燈之後會像洞窟的最深處一樣黑暗，但她卻默默散發著光芒。不知道是不是多少有考慮到現在是晚上，光芒沒有很強。那道暗藍色的光，看起來就像照亮了海底。明明沒有想起特別的由來或記憶，看著看著，就覺得眼角快忍不住顫抖起來。

不用特別做什麼就能發光，應該很方便塑造好看的畫面，好羨慕。

感覺單純拿夜晚來給發光的她當背景，都能讓看的人很感動。

不如我也來發光看看？我在腦海裡開起這種玩笑，同時閉上眼睛。

一道柔和光芒升起，不僅照亮眼皮底下的地平線，也逐漸包覆了我的全身。

「唔耶～」

自從那次見面以後，我只要一鬆懈下來，就會不時想起樽見。

隔了一段時間，才一點一滴地滲透進心裡。這件事有點太過沉重，很難用「算了，無所謂」拋在腦後。

在那之後，我收下樽見給我的畫……就回家了。只提結果的話，就是這麼簡單。我們沒有並肩走在一起，踩著的步調也不一致。在道別前一件件脫下她借我的防寒衣物還給她的時候，那種很像在拋開一顆顆大石的感覺實在讓我難以忘懷。

當時我認為自己無能為力，而實際上也沒有錯，不過，我還是會心想，是不是其實還有更好的方法存在。真要說樽見跟我哪一邊有錯，應該是我。樽見雖然也有點把努力放錯方向，但我有清楚感受到，她從頭到尾都是認真以對。

我當時是沒有打算隨便應付她，可是現在回想起來，才注意到我跟樽見走在一起的時候，其實有些心不在焉。我的腳步很不穩，所有事情都像是在夢裡發生的。或許是因為我搞不清楚自己到底身在過去，還是現在。

也因為像在作夢，而有點不太像現實。

會覺得沉重，大概是因為那是我們最後一次一起玩，一切為時已晚。所以這個結果沒有引發任何變化，說不定本來就是理所當然。

「……我們以前明明很要好……為什麼會這樣？」

「怎麼了嗎？島村小姐。」

「嗯～我只是有些這年紀容易出現的煩惱。」

「嗯、嗯，我也曾經有過這樣的時期呢。」

我笑說「少騙人了」。這傢伙明明看起來年頭到年尾都只顧著吃。

「有煩惱是好事喔。」

「是嗎？」

「畢竟沒有認真看待一件事情，就不會煩惱了。」

她說了聽起來很中肯的一段話。

「搞不好喔。」

「我現在也很認真在想今天中午要吃什麼。」

「好啦好啦。」

我被她一如以往以吃為重的態度逗笑，也在這時候驚覺一件事。我放下托著臉頰的手，環望周遭。

這裡是教室耶，我在跟誰說話？

我連忙確認四周，只看到熟悉的教室景象。既沒有水藍色頭髮的傢伙，也沒有人覺得我奇怪……我應該沒有睡昏頭才對。

「那傢伙最近是不是學會用心電感應了啊……」

她是不是很閒？但我心情有稍微輕鬆一點了。

「怎麼了嗎？」

明明就快上課了，安達卻過來找我。我的確是有怎麼了，可是我該怎麼辦？

「剛才我旁邊有人嗎？」

我姑且問問看。安達的眼神隨著困惑一同搖曳，不過——

「有……有我！……有我在妳旁邊。」

「嗯。」

我原本就多少料到她可能會這麼說，所以不覺得驚訝。雖然她的回應不是我要的答案，但莫名讓我感到充實。

「而且，妳剛才雖然在發呆……可是眼睛看著我。」

是喔？我這麼回問我不知道的事實。看來我好像是盯著她在發呆。

我很擔心自己的嘴巴當下有沒有在動。

總之，就結果來說是得到了跟安達聊天的機會，就當作是好事吧。

「沒什麼，我只是在想要吃什麼午餐。」

「妳今天沒帶便當嗎？」

「是有啦。」

我看到表示無法理解的思緒慢慢聚集在安達頭上。

「……妳要吃什麼？」

「便當。」

安達對這段毫無意義的問答，給出了彎起眉毛的答案。

「我有時候真的搞不懂島村。」

「呵呵，我是個神祕的女人。」

「……剛才那樣好像島村的媽媽。」

「唔呃。」

鈴聲響起，安達也快步回到座位上。她坐下來以後又轉頭看向我，我用小動作朝她揮了揮手，安達則是用動作有點大的揮手回應我。如果我動作再大一點，安達一定也會用比我還要大的動作揮手。安達就是個總是超前我一步的女人。

她有時候會先跑到離我大概十步距離的地方。看到我沒有急著跟上去，又會回來找我。而安達回來找我的時候，我都會忍不住摸摸她的頭。

「哈哈哈……」

我有自覺自己笑了出來。

跟安達之間的對話和一舉一動，都會深深刺進我的心裡。雖然有時太過沉重，不過——我可以藉此感覺到她確實存在。

安達或許是個能把心靈塑造出清楚形體的人。

我總是一個不注意，就開始想著這些事情——總是想著安達。

上課之後，我打開課本，覺得書頁之間好像飄出了水藍色的粒子。

安達拖著腳步說了聲「島村」，朝我走來。這是我們放學後的慣例。

「妳今天沒有要打工嗎？」

安達簡短點點頭。她接著走來身邊靜靜等我，那模樣看起來真的很像狗狗。雖然她本人不願意承認，但我認為安達什麼時候突然長出狗耳朵或尾巴都不奇怪。

「要不要去哪裡，還是去我家？」
「……我……我兩種都要。」
「妳還真貪心啊。」
但這主意也不壞。我離開座位，忽然跟快走到走廊上的潘喬對上了眼。她跟桑喬她們走在一起，有一瞬間靜止不動。之後，她做出把橡皮筋套在拇指上，再拉長朝我發射的動作。當然，那不是真的橡皮筋，是空氣橡皮筋。潘喬在我還顧著困惑的時候，就踩著心滿意足的步伐離去了。
怎麼說，她好像其實是個很鬧的同學。
「島村？」
「好啦好啦我就是島村同學喲。」
腦袋以外的某個地方擅自給了一個很隨便的回應。我催促安達往前走，一起來到走廊上。走廊簡直像由冰塊組成的，牆壁跟地面都散發著寒氣。明明只是單純走在路上，卻覺得有冷空氣在輕拍我的臉頰。冬天是種會默默攻擊的凶狠季節，再加上人都會穿得很厚重，行動會有些受限。
不管哪個季節都能正常活動的安達，說不定其實很值得敬佩。
她現在也展開了行動。
「島村，呃，關於……之前那件事。」

「之前？妳的『之前』是多久之前？」

「妳跟朋友……見面那次。」

安達睜大雙眼，小心翼翼地深入詢問。只要覺得很在意，就不會坐視不管。安達跟遇到什麼事情都常常延後處理的我不一樣，她總是會直接面對問題。我很擔心她有沒有辦法長命百歲。

總覺得她要是不能長命百歲，好像會讓我莫名困擾。

「那個喔。」

換作是我，我就會用「就那個」來回應。安達是默默等待我說下去。她就是這樣。

「沒有……很開心。」

我說出真心話。說我們那次見面很開心，對樽見也很失禮。弄哭朋友不可能開心得起來。

「所以，我們大概不會再見面了。」

我這個「所以」的用法一定是錯的。可是，這應該就是安達最想聽到的一句話。

安達用微微壓低的視線表達「真的嗎？」。她明明長得比我高，為什麼老是覺得她的視線來自下方？我比手畫腳地回答「真的啦～」。再說，我認為自己從來沒有對安達說過謊。我只會敷衍掉不想提的事情而已。

有時候，我會連自己想說的話都敷衍掉。

……這樣……好像不太好。嗯，這樣一定很不好。

所以，現在我決定說出口。

「跟安達就會很開心。」

我回望她一眼，表達自己的真心想法。

「咦。」

「很 Happy 很ＯＫ，哈哈哈～」

我統整成一句話了。我刻意加大步伐，走得像是用跳的。一看到就算依然滿頭問號，卻也乖乖學我跳著走的安達，就愈來愈覺得跟她在一起真的會很開心。

「島村，那個……」

「嗯～？」

「不……不是『跟我和其他人』，是『只有我』的意思嗎？」

「嗯，只只只。」

跟安達、就會、很開心——這三個詞中間可以放進很多詞彙。搞不好要放什麼進去都不是問題。

喔喔，原來我就是喜歡這種感覺啊。

雖然很殘忍。雖然有部分非常無情。

但把安達換成是別人，大概就不是這樣了。

「只……只只只……」

「只只只～」

我們兩個一起唱著歌，走下樓梯。

這開心到讓我忍不住心想「也太莫名其妙了吧」。

我在家裡準備念書要用到的東西，同時用休息的名義思考情輪節該怎麼辦。我很想做點比較不一樣的事情。適時變化應該是很重要的一件事。不論是環境、日期，還是自己該待的地方，都一樣。一切事物都在時間的流逝中不斷改變，卻只有我們仍然一成不變，一定不是正常的。

我有時候會這樣想。

我以手托腮，一邊跟暖爐帶來的溫暖抗戰，一邊動腦。動不起來。再加上夜也深了，感覺整個世界變得愈來愈沉重。我的眼皮掌管著世界。睜開就會出現，閉上就會消失。我是靠著雙眼在看這個世界的大部分景象。記得曾在某個人寫的小說裡看過，說人太過仰賴雙眼，反而很難用心靈去看世界。

我在放學後也有跟安達討論過，但沒有想到什麼有建設性的主意。

安達好像想普通過節就好了。明明她自己的一舉一動都很難說得上普通，卻在奇怪的地方這麼保守。

我在感覺自己會比巧克力先融化的同時，視線忽然停在我拿來附近，裡面還裝著課本的書包上。掛在書包上的吊飾總是用溫和的笑容看著我。我躺下來，喊著「唔喔～」伸直手臂，把書包拉過來身邊。

側腹有點痛。

我把書包上的吊飾放到手上。這個吊飾是可愛小熊的造型。這隻熊看起來很慵懶，是跟樽見一起買的。當時還有辦法笑著跟樽見一起去買東西，卻不到一年就讓許多事情告終。我的手掌傾斜，熊也跟著滑落。

熊半掛在手上，我就這麼看著垂下的熊不斷擺盪，直到它靜止下來。

樽見會繼續把這個吊飾當作寶物嗎？我自己是想盡量留著它。雖然把這個看得比她本人還要重要，或許只是我想假裝自己對這段關係有什麼貢獻而已。

不過，我們的確有曾經要好的時候。

不論現在變成什麼樣子，也不會讓過去因此抹滅掉。也不會有所缺損。

只要我還沒忘記這段往事，就不會發生。

我們的互動以朋友來說略嫌不自在，這會是因為樽見其實希望我們是朋友以上的關係嗎？如果我們真的一直只是單純的朋友，我們之間的笑容就不會消失了嗎？我想著這種沒有意義的事情，趴到暖爐桌上。

可是，我是不是其實還能為這段關係做點什麼？我動起手，像是想抓住卡在腦袋裡的汽球。但就算我做了什麼，讓某些事情得以繼續下去，樽見也肯定不會得到她想要的答案。

那，我想我們的關係還是只能到此結束吧。

結束。

就這樣結束了嗎？

「嗯……」

這樣如果只是我會錯意會很丟臉，也一定還有其他路可走。

不過，應該不可能吧。

因為樽見的眼神，在不知不覺間出現了跟安達一樣的光輝。

「嗯嗯……」

我甚至不記得上一次跟樽見變得疏遠的時候是什麼情形。我們不知不覺間就沒有走在一起了。我自己好像也不怎麼想回憶起國中生小島，很多事情都想不起來。我以前問過我妹，她說我當時嗓門比現在大。

她看起來沒有覺得害怕，想必我當時在姊姊的本分這方面上還是有到及格分數吧。

這部分不錯。其他部分不好。

小學生的我反而是太樂天，有點極端過頭了。

小學的事情倒是還記得不少，但回想起來，就覺得當時自己太沒戒心了，連我自己都忍不住擔心起來。當時的我就是個好奇心的化身，可以不抱任何戒心，就想闖進別人的心裡。樽見是不是在我當時沒有顧慮別人心情的強硬作風裡，得到了什麼對她有重大意義的東西？

我現在就像剛好處在這兩個時代中間。不會太樂天，也不會太凶惡。

就先不提面對大多事情都用「算了」兩個字直接拋到腦後是不是對的。

沒想到不斷拋下來的結果，會是跟安達交往。

我本來以為跟安達交往，也沒有帶給生活多大改變，但現在有一件事明顯跟以往不同。對，就是樽見。跟安達交往以後，就不能再去找樽見了。

「真像安達的作風啊……」

明明是在思考我跟樽見的關係，卻會讓我冒出這種感想，也是很有安達的風格。

安達的風格。

讓我只能滿腦子想著安達的影響力。

這種影響力似乎對其他人沒有什麼效果。安達簡直就像天生註定會擁有只對我有效的影響力。我會認識安達，說不定真的是命運使然。我最近不時會有這種感覺。

我們會認識只是出於偶然，可是我卻覺得……那份偶然好像很久以前就註定會發生。就像命運把我們牽在一起。總覺得很像因為身在幸福最高峰，就變得旁若無人的傻瓜情侶會有的感想。是暖爐桌的熱氣從腳傳到頭上來了嗎？

……然後，我本來在想什麼？

我完全搞不懂自己要想什麼了。

我想事情的時候，總是會在得出結論之前就不斷改變焦點。這是專注力的問題嗎？

雖然也可能是睡意害的，但嫌麻煩的心情輕輕往我額頭上敲了敲，提醒我還有它的存在。

我粗魯地往背後躺下去。

但我的背部卻在撞到地板前，先壓到軟軟的東西。

「咕耶～」

「咦咦？」

我坐起來轉過身，就看到把海豹玩偶當枕頭抱著的社妹。她跟海豹玩偶一起被壓扁了。

我決定先拍一拍，結果兩邊都順利變回原樣了。

「妳在做什麼啊？」

「我在睡覺。」

「不，我不是在問妳這個。」

我在樓下是有看到她沒錯，可是她什麼時候跑來這個房間的？就算我在想事情，也應該會注意到她走進來才對。

「妳是從那扇門進來的嗎？」

雖然這個問題很莫名其妙，但我還是決定問問看。社妹稍微愣了一下。

「那～當然。」

「妳為什麼要先停一下才說……」

社妹也迅速起身。她繼續抱著海豹玩偶，不知道是不是很喜歡它。順帶一提，她自己是穿著鳥造型的衣服。配色看起來應該是鶴？我感覺這傢伙莫名適合打扮成鳥的樣子。鳥雖然也有鳥辛苦的地方，但還是能在高空翱翔。我大概是覺得這傢伙自由奔放的模樣，跟鳥很像吧。

「呵呵呵。」

「妳在呵呵呵什麼？」

「島村小姐今後會變得更幸福喔。」

「嗯嗯？」

鶴的翅膀輕輕放上我的肩膀。

「我認為妳可以活得有自信一點喔。」

她應該是在激勵我。我有不小心把心情寫在臉上到連這種神奇生物都這麼明顯在安慰我嗎？嗯——我觀察起社妹的臉。這個剛好從鶴的鳥喙中間露出臉的傢伙，跟平常一樣看起來悠悠哉哉的。看起來也像有點睏。

這雙感覺找遍全世界都找不到第二雙的水藍色眼睛，究竟看得見什麼？

「那還真希望妳講的會成真喔～」

「哈哈哈。」

看她笑得很隨便，我反而難得相信她說的話了。

或許是因為她看起來很幸福，沒有任何迷惘。

「那麼，我先走嘍～」

「嗯。」

社妹飛速奔離房間。大概是要回去找我妹吧。

我不太懂她到底是來我這裡做什麼的。因為社妹的一舉一動，很難找出除了肚子餓跟閒閒沒事做以外的動機。

「啊。」

她直接把剛才抱著的海豹玩偶拐走了，不知道是不是忘記留下來。

「算了，無所謂。」

今天晚上就先借給她吧。等她還回來，海豹玩偶搞不好還會發出水藍色的光。

不過，會散發水藍色光芒的生物這麼理所當然地待在我家，說起來也是滿不可思議的。

我在上星期的假日看到她跟我父親一起坐在電視機前面，就覺得她真的已經很融入我們家了。他們還聊到下次要一起去釣魚。也太隨性了吧。

如果把社妹帶去對的地方，說不定會震撼全世界。人類可能會不只前進一大步，而是前進一百步。當然，我們都不在乎那種事情，所以那傢伙明天還是一樣會在我家廚房徘徊。

話說，那傢伙一直叫我妹「小同學」，她的「小」是哪裡來的？

我們家沒有半個人那樣叫過我妹。

這讓我深深感受到小朋友真的常常會取一些搞不懂怎麼來的綽號。雖然我跟樽見的就取得很隨便。每個人對我的稱呼大多會用島村當作基礎，再延伸出一些個人特色。我幾乎只有姓氏會被當綽號，名字就不會。可能也是字面上不好改的問題。

「名字……對耶，名字。」

我從奇怪的地方轉換到其他事情上。人的名字。一般生活當中，大多會以姓氏為主。會被我直呼其名的，也頂多就是社妹。我發現這部分搞不好能帶來一些新鮮感。

繞了這麼大一圈之後剛好解決最一開始的問題，算是滿不錯的結果。

世界跟我們。哪一邊比較容易產生變化，可說是顯而易見。

所以想追求變化的話，也用不著大費周章，只要稍微換個角度出發就好。

我把依舊只是擺在桌上沒有用到的書跟文具推到桌子角落，立刻拿起手機。

我按著發出咚咚聲響的按鍵，把剛才想到的主意告訴安達。

『今年情輪節就試試看不叫姓氏，只叫對方的名字吧。』

我的大腦知道鬧鐘正在響，手臂卻抬不起來。我的腦袋裡有一片空白，跟那樣的空白共處，莫名讓人舒暢。就算把力量灌進身體中樞，也傳遞不到手指上。我知道現在要是鬆懈下來，就會再一次落入深度的睡眠。雖然知道，卻無法動彈。

「呼嘎～」

「受不了妳耶！」

我看到妹妹的腳跨過我。喂，妳也太膽大包天了吧。但我還是無法動彈。

結果鬧鐘被我妹按停了。我的鬧鐘常常是被她按掉。

「姊姊，我每次都在想，妳設鬧鐘根本就沒有意義耶。」

「哪有我嗯唔哪唔嘛……」

我的嘴唇完全張不開，連想反駁都反駁不了。我妹沒有聽人把話說完，就走回自己的書桌。我拿起丟在一邊的手機，確認時間。鬧鐘非常守時。

「我想想……先把頭髮梳一梳比較好。」

等到我摸起亂糟糟的頭髮表面，睡意也已經蒸發掉了。可以看到只拉開一半的窗簾後面是一片陰天。不曉得是不是色調的關係，愣愣地看著天空，就忍不住顫抖起來，像是又被掀走一層棉被。雖然房間裡有暖氣，卻還是感覺像有不知從何而來的風吹著我的背部。

我站起身，開始做出門前的準備。一離開房間，就覺得腳被地板冰到彷彿腳的邊緣變成六角形了一樣。我用剛睡醒會很累人的高度跳了跳，前往洗手間，水冰到害我不斷掙扎，但我還是洗洗臉，讓自己清醒過來。

雖然睡了很久，頭髮卻意外沒有亂翹。我從置物盒取出梳子，開始整理儀容。

應該等換好衣服再梳頭比較好。我終於恢復正常運作的腦袋冷靜判斷正確的選擇，可是已經太遲了。

我梳理到不會覺得不順眼以後，就回到房間。我妹不知道是不是在寫作業，一直乖乖待在書桌前面。我很隨便地稱讚了一句「妳好棒喔～」，她就很囂張地說「被姊姊稱讚也開心不起來就是了～」，所以我輕輕敲了她一下。我覺得手打到的位置好像有變高一點，忍不住停下來凝視起我妹的頭。

我在挑衣服的時候，手機突然響了起來。這次不是鬧鐘。我像螃蟹一樣橫著走到桌子旁邊，拿起手機。我本來有一瞬間在想會是哪一邊打來的，而結果是安達。

是等等就要見面的，呃，是叫什麼？我的小 study 來找我了。

總覺得我好像有搞錯什麼。

『我可以打電話給妳嗎？』

「可以啊～」

每次都會先從這段問答開始的習慣，其實讓我有點上癮。

我接起她接著打來的一通電話。

「妳好妳好妳好妳好妳。」

『妳…………妳好妳好妳？』

我搶先出招，安達雖然困惑，卻也配合我一起說。安達果然是個好人。

「所以，妳打電話來有什麼事嗎？」

會是因為今天臨時有事，不能見面之類的嗎？我跟安達約見面的時候，從來沒遇過這種情況。有時候我會不得已回絕，但是安達好像從來沒有拒絕過。明明她可以看自己方不方便為優先就好了……不對，應該已經是了。

「我有乖乖起床喔～」

我在猜可能是擔心我遲到，就先主動回報。我決定裝作沒聽見左邊傳來的那句「哪有乖乖起床啊」。

『那……很好啊。』

「對啊。」

安達在這段很沒意義的對話之後，切入了正題。

『呃，妳說的那個……叫對方的名字。』

「嗯？嗯，對啊。」

我試著替今天準備了一份特別的活動。

『那是從什麼時候開始算？』

她向我確認很奇妙的事情。什麼時候開始？聽她這麼問，我下意識直接看往月曆。

我確認了今天的日期，我的確沒弄錯該起床的日子。

「什麼時候開始喔，今天？」

我講得很保守，像想先觀察情況。我隱約感覺自己好像沒有抓到這道提問的重點。

『我想知道是從今天的什麼時候開始……現在不叫也沒關係嗎？』

我不太懂安達是想要區分什麼，但反正都要這樣玩了，等見到面以後再開始叫名字應該比較有趣。

「那，等見到面再開始吧。」

『要等見面才開始的話，呃，我想先把今天份的島村叫完。』

「嗯嗯？」

我沒有辦法立刻理解安達在說什麼。

我的安達度數似乎還太低了。

『因為我每天都有叫島村，所以今天也想先說個幾次……這樣。』

「…………」

『島村？』

「哈～哈～哈哈。」

聽完她的想法，我忍不住大笑幾聲。我好像笑得太大聲了，安達的呼吸聲聽起來有被嚇到。

看起來被嚇一跳的我妹也看著我。我左右揮了揮手，表示沒事。

「到底要每天想什麼，才能冒出這樣的想法啊？安達妳真的很厲害。」

我這句話不是在挖苦她，是發自內心的稱讚。我甚至懷疑她是住在不同次元的人。

思維跟我完全不同。差異大到我完全不懂她的邏輯。可以明顯感受到我們的確截然不同。

安達幾乎跟外星人沒兩樣。安達星人。

太棒了。

安達發出正在煩惱的低吟，我則在等她會有什麼反應。

『我一直……在想著島村……』

安達星人正經到無可救藥。

「喔～原來如此，也難怪我會想不到。」

畢竟我不太會去想我自己的事情。安達應該比我還要更認真思考我這個人兩百倍。可是我也很常在想安達的事情，嗯，這樣或許滿平衡的。

「那，妳就講個過癮吧。」

光是叫名字就能讓她開心，可說是非常划算。她想叫幾次都沒關係。

『島村。』

「嗯。」

『島村。』

「嗯、嗯。」

『……島村。』

「嗯～」

我是不是需要再回應得更有誠意一點？但我顧著回答毫不間斷的「島村」，就沒有時間思考該怎麼回應。安達的聲音塑造出的每一個「島村」都是不同的形體，一個個掉進我心中，靜靜引發巨大漣漪。

我在一段比我預料的還要更長的時間內，逐一接下安達的每一聲呼喚。

「妳滿意了嗎？」

『……嗯。』

我感覺到她簡短的回應中，充滿了感動。她好像已經心滿意足了。

「那，我們等一下見。」

『嗯。』

這通電話到底有什麼意義？我笑著掛斷電話。

「好了。」

我迅速做好出門的準備。

於是——

「我出門了。我會吃完晚餐再回來。」

「好喔～」

聲音從廚房的方向傳來。之後，我直接到鞋櫃挑要穿的鞋子。

「妳今天也要跟安達妹妹約會啊?」

我在挑鞋子的時候，剛才已經回應過我的母親往我這裡走來。她腋下還夾著一隻吃高麗菜吃得津津有味的無尾熊。應該是被餵食的。總之，現在無尾熊不重要。

「什麼約會啊。」

而且我還沒說是要跟安達出門。

「畢竟今天是適合約會的大好日子嘛。」

今天是寒冬裡的大陰天耶。

「妳就是要跟安達妹妹去玩對吧?」

「……是沒錯。」

我有點在意她的講法。按我母親這種個性，她應該是沒有別的意思，但我還是覺得有些愧疚。

不對，我沒有要做什麼會感到愧疚的事情，但心情上最接近的感覺就是愧疚。

「妳都只跟安達妹妹玩，都沒有其他朋友嗎?」

「天知道～」

我半是無視她，直接穿起鞋子。我看到有水藍色的粒子像雪一樣飛舞，往旁邊一看，就看見無尾熊的頭髮近在我眼前。正確來說，是穿著無尾熊布偶裝的傢伙。原本被抱在腋下的那傢伙，好像在我不注意的時候逃到我旁邊來了。我沒有多想什麼就摸起她的頭，嚼著高麗菜的無尾熊也給了我一個微笑。看來她因為在吃東西，沒辦法講話。我大概知道為什麼要一有機會就拿高麗菜給她吃了。

然後，母親突然開始輕輕踢起我的屁股。她像在敲門一樣一直踢，我一開始沒有理她，但最後還是因為覺得很煩，就回頭看向她。母親站在我背後，探頭看著我，讓彼此的影子也跟著重疊在一起。她手扠著腰，像在上下打量。

「嘿～嘿！嘿！嘿嘿～」

「嗯，是喔～」

我沒有多問什麼就直接附和，準備出門。

「妳挺用心的嘛。」

明明不想停下腳步，卻忍不住停下來往回看。

「這裡、這裡，還有那裡～」

母親指著自己的臉跟脖子，捏起衣角。我心想「什麼鬼？」，在聽懂她的意思以後差點開口反駁，臉頰也有點發癢的感覺，但母親在我有所行動之前，就露出奸笑，對我緩緩揮手。忙著嚼高麗菜的無尾熊也學起我母親，揮動像是前腳的手。

「玩得開心點啊。」

她感覺像看穿了很多事情的態度讓我不太自在，但我還是先微微點頭回應，才離開家門。

我哪有特別用心？我壓抑住差點想去抓頭的手，面向前方。

「好冷。」

一來到外面，最先面對的就是冬天一定會有的現象。陰天下吹著應景的寒風，很快就在皮膚上留下抓傷般的疼痛。一般都會覺得在這種天氣出門，一定是哪根筋不對勁。走在這樣的天氣底下卻不會感覺腳步沉重，一定也是因為有哪根筋不對勁。

「嗨。」

「島──」

安達差點喊出我的姓氏，在途中瞬間停下。她好像想起今天的特別規則，肩膀跟腳都僵直了起來。

「抱……夜？」

「真可惜～」

她的嘴巴好像不夠靈光。安達敲了一下胸口……敲那麼大力真的冷靜得下來嗎？好像在打鼓。總之，安達重振旗鼓，一本正經地說：

「抱月。」

有種感覺慢慢在我的臉頰上擴散開來。安達滿臉通紅，而我知道她的臉有多燙。換句話說，就是我的臉也一樣很紅。

被安達面對面直呼名字，就會被她正經的模樣耍得團團轉。

「呃……嗨。」

我下意識又重新打了聲招呼。

安達也不曉得是不是承受不住這股氣氛，手指跟腳都開始原地亂動。

「感覺好奇怪。」

「我也覺得臉癢癢的。」

我下意識抓了抓臉頰。我們都認識這麼久了，才終於出現青澀的感覺。回想起過去跟安達一起做過的事情，是會覺得為這點小事在害臊很奇怪，但還是一樣讓人心癢癢的。我不得不佩服，原來我跟安達到現在還有辦法產生這麼新奇的感覺。

「那，我……我們走吧……抱月。」

安達用非常僵硬不順暢的語氣說道，甚至讓我懷疑可能會聽見她關節的摩擦聲。

「走吧、走吧。」

我推著她變得硬梆梆的肩膀，走在她身旁。

我們是約在車站裡見面。這是我這個月第二次跟人約在車站了。上一次是往外走，現在是往裡面走。兩次都是跟女生一起來。至於不一樣的地方……嗯，不一樣的地方——我刻意含糊帶過。

我們要去名古屋買巧克力。不知道明年會怎麼樣？我們明年就升上三年級了，有辦法去

嗎？

車站裡跟平常差不多，人沒有多到會寸步難行。坐電車到稍微遠一點的地方，人可能就會多到讓我受不了。可是，我或許也總有一天會去那樣的地方展開新生活。說真的，我以後該怎麼打算？我要在這片土地終老一生嗎？

「那，安達妳……啊，不對不對。櫻──」

我沒有想到什麼話題，但還是特地喊一聲她的名字。安達被嚇了一跳。我也一樣光是說出她的名字，就覺得彼此之間的距離感跟以往截然不同，弄得我不知道該看著安達的哪裡才好。

「蛇……蛇麼了？」

「妳講話吃螺絲了──我本來是要跟妳說這個。」

「妳講的順序怪怪的……」

安達摀著嘴巴，等心情平靜下來。等她的這段期間，我也覺得背後竄過一種蠢蠢欲動的感覺。

抱月、櫻。怎麼好像在叫別人一樣？這讓我深刻感受到我太習慣我們就是安達與島村。明明走在一起的人跟腳下的城鎮沒什麼差別，也是曾經來過的熟悉景色當中，卻好像身在其他陌生的道路上。甚至很像誤闖了異世界。我頭昏眼花的，冷靜不下來。

「抱……月……小姐。」

她不知道是不是承受不住唸出我名字的衝擊，外加了一個「小姐」。

「怎麼了嗎？」

我一邊踩著通往剪票口的上樓階梯，一邊回應她。我在近距離下看著安達的嘴唇一下開、一下合的模樣。安達是不是也有特別用心化妝？我偷偷觀察起來。

不對，我才沒有很用心……我忍不住為自己辯解。

「我再想一下要講什麼……」

看到安達邊講邊低下頭，我不禁發出「嘻嘻嘻」的笑聲。

我們穿過剪票口，在確認過電子看板上寫的字以後前往月台。周遭腳步匆忙的人潮，告訴我電車快到站了。記得之前也遇過類似的狀況——我跟安達面面相覷，開始奔跑。我平常生活中很少需要跑步，一跑起來就感覺自己好像在參加什麼活動，讓我的呼吸也跟著急促起來。並不是因為我缺乏體力。

我們跑到剛好停在月台的電車最近的車門。可惜從電車後方大樓隙縫間探出頭來的天空，依然是一片陰天……哪種天氣在情人節會很應景？下雪比較像聖誕節，但也沒有晴天的感覺。不過，倒是會讓人想到晚上。

大概是因為情人節讓我印象深刻的那一刻，就是在夜晚吧。

我這個理由真的太單純了。不過，一種印象的起點，想必就是有這麼大的影響力。

電車裡很空，甚至可以挑相鄰的位子坐。可能是因為現在已經離中午有一段時間，又剛好不上不下的時段吧。我坐到窗戶這一側的位子，安達也馬上到我旁邊就座。

「抱月。」

一坐下來，就聽到安達機器人在叫我的名字。她轉動脖子的感覺僵硬到只能用機器人來形容。

就像是瞬間精準轉動到正確的方向之後，就開始發出吱軋聲響。

「我……我期待今天會是開心的一天。」

連講的話都很死板。雖然平常也不至於談笑風生，但相較之下明顯許多。

「我很開心啊。」

「感覺有點敷衍……」

「開心總比死氣沉沉的好吧？」

開心可以讓人忘記日常生活中的重力。就算沒有開心，也只要進入夢境，就能輕盈不少。

我猜，會這樣應該是因為夢可以分擔掉一半的現實。

「抱月。」

「嗯、嗯。」

安達不斷唸出我的名字，像是要讓自己習慣這麼稱呼我。

明明到了明天就會變回安達與島村，安達還是為現在這段時光付出最大的努力。

一想到這裡，就覺得要我甘願承受臉頰傳來的刺癢感，其實也不算什麼了。

電車開始前進。我順著電車的大幅晃動開心地搖頭擺腦。

「要做什麼嗎？因為我還在……想話題。」

「嗯～那來玩拇指相撲吧。」

我立刻伸出左手。哼哼哼，我不用慣用手是特地放水喔，安達。

「為什麼？」

「因為有聽說。」

潘喬聽的。我說的。

「那……那來吧。」

安達戰戰兢兢地把左手伸過來。我穩穩抓住她的手，伸直拇指。果然情輪節就是要玩拇指相撲。這個遊戲可以打發掉去名古屋要經過兩站路程的無聊時間呢。我壓住安達的手指，在開口倒數的時候差點不小心太大聲，又急急忙忙把嘴巴閉上。

我說著「嘿、嘿」，追趕安達的拇指。安達的拇指有個習慣，就是逃到一個程度以後，就不知道為什麼會像突然改變心意一樣，突然跑回來。可以從拇指的行動模式看出她的個性真有趣。我展開攻勢，壓住她的拇指。

我們就這麼用平凡無奇的小遊戲打發時間。

玩完拇指相撲以後，安達也終於笑得自然多了。

要讓安達發自內心地笑，需要花上一點時間。這點可以從她一直以來的處世態度看出來。

不知道她的這種特質，到了未來會有什麼樣的改變。

「我想不到話題，島村妳來提供一些話題吧。」

「…………」

「島村？」

「…………」

「啊……抱……抱月。」

「好～那我來想～」

我故意在她叫我名字之前都裝作沒聽見。面對安達的時候，心裡那個愛惡作劇的我總會不時探出頭來。

為什麼會這樣呢～？我懷著暢快心情，暗自像是攤著手心裝傻般心想。

「我想想……那就來談談名為安達的方舟吧。」

我有些故弄玄虛地提出話題。我本來在期待安達會不會滿臉問號，卻看到她噘著嘴唇。是在模仿鳥嗎？看著看著——

「不是安達。」

「哎呀。」

我自己也叫錯了。一個不注意，就會不小心回到日常生活。

回到有安達在的日常生活。

「櫻。」

我像是要先助跑一樣，先喊了一次。安達也像是要練習被我直接呼喚名字，握緊了拳頭。

「那……妳說的方舟是什麼？」

「意思就是櫻是一種交通工具。」

我特地選擇比較抽象的說法。安達眼神游移了一下，不久，她的臉頰就像突然點亮燈光一樣，瞬間通紅。不知道她做了什麼樣的想像？

「因為櫻會帶我到很多地方。」

如果沒有安達，我現在根本不會在電車上。

如果沒有安達，我大概還會繼續去找樽見，不會斷絕往來。

好處跟壞處，都是源自安達。

而我說的也不單是物理上的意思。

我的感情，一樣會在她的帶領下造訪陌生的土地。

「我很期待……對，我真的很期待——妳今天究竟會帶我去什麼樣的地方。」

我講得很明白，簡單明瞭到連我這樣的人，都能斷言自己講得很清楚。

因為安達完全不隱瞞自己的心意，讓我也忍不住坦率起來。

安達擺出沉思的樣子，上下扭動剛才玩拇指相撲的指頭，盯著它看。隨後——

「島村講的話太深奧了，我聽不懂，不過……」

「好，島村小姐講的話是很深奧啦。」

聽到我這麼強調，安達就發出「唔唔」的聲音，但也接著說——

「只要島村抱月覺得開心，我……我也……會很開心！」

我感覺得出她是想挑個精準的詞彙，卻找不到，最後才盡全力擠出這段話。我認為清楚讓對方知道自己的想法，就是語言最重要的意義。而安達很擅長清楚表達想法。明明很笨拙，但心靈的根基部分卻非常純真，而且紮實。

這一定是她第一次說出我的全名。

我有種好像被人從指尖一路撫摸到頭頂的感覺。

彷彿我們今天的打打鬧鬧跟未來，全被一口氣包覆住。

「…………………………安達櫻妳啊。」

「什……什麼？怎麼了？」

「沒什麼。」

「哪……哪有這樣的。」

我把臉撇向一旁，逃往陰暗的天空。我很想馬上離開這個座位，振翅高飛。

不久後，電車抵達了我們要前往的車站。停下的電車敞開車門，猶如在催促我們勇敢踏出去。

我追過先離開座位的安達，快步走在超前她一步的距離。

「櫻。」

我在走下電車的前一刻回過頭。

「走吧。」

主動朝安達伸出手。

我很難得會這樣……不對，搞不好是第一次這樣？

我會突然想這麼做，是因為——

原來穩穩伸直自己的手臂，其實意外會讓人慢慢浮現一陣害臊。

不過，我的內心卻是逐漸變得坦率。

竄過全身的某種東西非常熾熱。

我的心跳就像是在追趕它。

安達一開始是愣得睜大了眼睛。

感覺像自己的職責被我搶走，就這麼一時愣住了。

但是，安達很快就注意到我的指尖。

安達露出有些浮誇的笑容，眼裡掀起浪濤。

她沒有決定好到底是要流淚，還是要笑——

「我們走，抱……」

會在這種時候稍微踉蹌，真的很像安達的作風。

她又吸了一口氣。

「抱月。」

她緊緊牽住我的手。

牽得密不可分。

安達很喜歡牽手。

因為，這樣會讓彼此的心裡出現綻放的櫻花。

而現在也是。

只屬於我們兩人的櫻花不畏寒冬，大肆綻放。

『Hear-t』

我們一起睡的時候，島村都會在睡前的短暫時光用手指梳起我的頭髮。她的手指一擦過我的耳朵，我的肩膀就會忍不住彈一下。在我眼睛開始有些習慣的黑暗中，島村伸出的手也隨著我的反應停下動作。我隱約能看見島村的手臂，而她的手臂也猶如一座架在我們之間的明亮橋梁。

「妳剛才睡著了嗎？」

「沒有，我眼睛是睜開的。」

「那就是睜著眼睛睡著了。」

島村擅自笑著認定我有睡著。我想了想，把自己的手放上島村的手。乘載兩人手臂重量的頭部，就這麼深深陷入柔軟的枕頭之中。

「島村真的很喜歡摸頭髮呢。」

「嗯？嗯～好像是。」

島村凝視著我們的手，小聲說「因為摸起來很舒服」。

「而且可以讓心情比較平靜。」

「會嗎？」

「有時候摸到某些東西不是可以讓人靜下心來嗎？」

「我……好像不太會這樣。」

島村摸我的時候，我總是沒辦法保持平靜。

不論我們相處得再久，還是能每一次都感到新奇、嶄新，而且刺激感官。

島村說著「是喔～」閉上眼睛。同時，嘴角也彎成笑容的形狀。

「安達跟我其實很容易有意見上的分歧呢。」

「嗯……」

「但就是這樣才好。」

「好？」

「我喜歡跟安達有不同意見的時候的感覺。」

島村閉著雙眼，不改臉上的微笑。

「不會相互重疊的兩種聲音。我就喜歡這種感覺。」

島村讓話語從她看得出很高興的雙唇裡飛躍而出，並睜開了雙眼。

明明沒有光線，卻能看見島村散發出耀眼光芒，刺進我的眼底。

我忍不住深受感動。

會感覺到血液在體內奔流。

體會到自己是真實活在世上。

我的心果然還是無法保持冷靜。

我用腳勾住床單，把身體往前挪動。靠近島村。島村注意到我在靠近，直直盯著我看。

我差點畏縮地發出「唔」的聲音，繼續一點一滴地在床上前行。

移動的速度比島村收回去的手，還要再稍慢一點。

接著，我來到可以感覺到島村真的就如「近在眼前」這個詞一樣近的位置，牽起她的手。

我跟島村的手心存在微微的溫差，讓我感覺背脊發麻。

「……這樣會靜下心來嗎？」

「啊～這麼近的話，就很難靜下心來了。」

我們的聲音在吐出的氣息很可能吹動對方瀏海的距離下，依偎著彼此。

我往露出苦笑的島村更貼近了一點。

我聽見兩道心跳重疊在一起的聲音。

後記

所以，以上就是《安達與島村》第十集。終於來到二位數了。

老實說，我真的沒想到會出這麼多集。

這都是託各位讀者喜愛這部作品的福，Thank you 世界！

目前預計會寫到十二集。因為我寫過出了十一集的作品。

倒是《安達與島村》也是有一段歷史的作品了呢。我之前在想第一集是幾年前出的，結果一查才發現那竟然是我三十歲以前的作品。當年……我好像從當年到現在都沒有變耶。

大家好，我是入間人間。最近的《安達與島村》常常沒事就在穿越時空，但就像我先前提過的，這部作品在第八集就完結了，第九集以後算是很漫長的後話。所以，我也希望大家就懷著輕鬆的心情看看後續的故事就好了。

我這次是一邊聽遊戲《ALTDEUS:Beyond Chronos》的歌曲《Star-t》，一邊寫的。應該說，自從我買了原聲帶以後，就一直在聽……這首歌非常好聽，如果有機會……不對，還請各位製造機會，專程聽聽看。畢竟機會這種東西比起用等的，自己製造出來還比較快嘛。

至於最近嘛～我想想喔～都沒有特別的事情發生。能過著風平浪靜的生活是件好事。我

有時候會希望這種平靜的日子可以持續一輩子。

話說回來，這一集的插畫又不一樣了呢。現在是第三型態啊。把漫畫也算進來的話是五種型態，感覺差不多要變成金色的了。今後請多多關照。

雖然頭髮變成金色以後，過幾個階段又會變回原本的顏色啦。

真的非常感謝各位讀者這次也願意購買本作品。

入間人間

被百合夾擊的
女子有罪嗎？
1
みかみてれん
【插畫】べにしゃけ
yuri ni hasamareteru onna tte, TSUMI desuka?
presented by mikamiteren
illustration by benishake
Kadokawa Fantastic Novels

除了我之外，你不準和別人上演愛情喜劇 1 待續

Kadokawa Fantastic Novels

作者：羽場楽人　插畫：イコモチ

戀愛不公開真的OK嗎!?
從情人關係開始的愛情喜劇衝擊性登場!!

不懼對方冷淡的態度持續追求一年後，我終於博得心上人的青睞。她性格好強，戀愛防禦力居然是零，我想曬恩愛的欲求達到了極限！可是，她卻禁止我在眾人面前跟她卿卿我我？而且私底下兩情相悅的我倆，卻出現了情敵……？

NT$200/HK$67

小惡魔學妹纏上了被女友劈腿的我 1~3 待續

Kadokawa Fantastic Novels

作者：御宮ゆう　插畫：えーる

第四屆KAKUYOMU戀愛喜劇類「特別賞」作品！
有點成熟的青春戀愛喜劇，留戀與決心的第三集！

升上大學三年級，我跟真由修了同一堂課，彩華也邀請我去參加同好會的新生歡迎會，過著熱鬧的新學期。然而，在我腦中閃過的還是前女友禮奈說的話：「我並沒有劈腿。」當我回想起與她交往時的記憶，以及決定分手的那個光景時，重逢的時刻到來……

各 **NT$220/HK$73**

國家圖書館出版品預行編目資料

安達與島村/入間人間作；蒼貓譯. -- 初版. -- 臺北市：臺灣角川股份有限公司, 2022.04-
冊；　公分. -- (Kadokawa fantastic novels)
譯自：安達としまむら
ISBN 978-626-321-341-8(第10冊：平裝)

861.596　　　　111001895

Kadokawa
Fantastic
Novels

安達與島村 10

（原著名：安達としまむら 10）

2022年4月27日 初版第1刷發行
2024年3月22日 初版第3刷發行

作　　者：入間人間
插　　畫：raemz
角色設計：のん
日版設計：カマベヨシヒコ(ZEN)
譯　　者：蒼貓

發 行 人：台灣角川股份有限公司
總　　監：呂慧君
總 編 輯：蔡佩芬
主　　編：林秀儒
編　　輯：黎夢萍
設計指導：陳晞叡
美術設計：黃永漢
印　　務：李明修（主任）、張加恩（主任）、張凱棋

發 行 所：台灣角川股份有限公司
地　　址：104台北市中山區松江路223號3樓
電　　話：（02）2515-3000
傳　　真：（02）2515-0033
網　　址：www.kadokawa.com.tw
劃撥帳戶：台灣角川股份有限公司
劃撥帳號：19487412
法律顧問：有澤法律事務所
製　　版：巨茂科技印刷有限公司
ISBN：978-626-321-341-8